クジラの彼

有川 浩

角川文庫 16293

目次

クジラの彼

*

『元気ですか？　浮上したら漁火《いさりび》がきれいだったので送ります。春はまだ遠いですが風邪など引かないように気をつけて。』


相変わらずの短いメールに写真が添付されていた。

黒に滲《にじ》むオレンジの点。

説明がないと漁火なんだか何なんだかよく分からないが、幻想的な絵ではある。

ワンルームのベッドに仰向《あおむ》けに倒れて、中峯聡子《なかみねさとこ》は携帯の小さな液晶を見つめた。冬の漁火というと聡子にはイカ釣り漁船くらいしか思い浮かばない。

今、どこにいるんだろう。風邪の心配してるってことは寒いとこ？　でも海上ならこの時期どこでも寒いだろうし。メールが届いたってことは沿岸だろうけど国内とは限らないから……

やめたやめた、と携帯を持った手を真横に投げ出す。居場所は詮索《せんさく》しないのがルールだ。

「取《と》り敢《あ》えずはまだ付き合ってるってことだよね」

漁火がきれいだったので（君にも見せたくなったから）送ります。

このくらいの補完は許されるだろうか。少なくとも、きれいだと思った景色をメールで送ろうと思うくらいには聡子に関心があるということで、付き合いが終わっていないはずの現状からすると、その関心は好意と解釈しても独り善がりではないはずだ。

句読点含め五十三文字。

何度読み直しても食い入るように眺めてもそれ以上びた一文字出てこない。端的な彼の文章は、二ヶ月ぶりの連絡としては素っ気なさすぎて色々と不安になる。待つ身は長いというのは本当だ。

なかなか連絡の取れない彼ではあるが、メールが二ヶ月ぶりというのは最長だ。空いた時間に対してこの三行はあんまり素っ気なさすぎる。

もう少し何かサービスしてよ。好きだとか愛してるなんてことまでは要求しないけど、会いたいとか寂しいとか。

今回だけはもっと何か、甘ったるい恋人らしい言葉が欲しかった。

春はまだ遠いですが。

「むしろあんたが遠いわよ」

呟《つぶや》いてから気づく。奇《く》しくも巧《うま》く掛かっている。ハルというのが彼の呼び名だ。

受信時刻を見ると一時間ほど前だ。念のために彼の携帯に掛けてみるが結果はお定まりの『電源が入っていないか電波の届かない場所』である。

一時間前だと帰りの電車に揺られている最中だ。電車内ではマナーモードで鞄《かばん》に入れてあるので気づけない。家に帰ってきていたら、すぐ掛け直せばもしかしたら繋《つな》がったかもしれないのに。残業が憎い。いや、残業でも事務ならこんなに遅くなっていない。営業に異動していなければ。大体、同期の女子は三人いたのに何でよりにもよってあたしが異動に。

思考がどんどんマイナスに回り出して、聡子はいろんな気持ちを振り切るように携帯を閉じた。

このままぐどぐど考え込んでいたら、最後は行き着いてはいけないところに行き着いてしまう。

次の連絡は数週間後か数ヶ月後か。

——潜水艦乗りの彼女は辛《つら》い。

＊

最初に会ったのは捻《ひね》りも何もないが合コンで、ただし少々毛色が変わっていた。

学生時代の友人である川邊恵美《かわなべめぐみ》から声が掛かったのは直前で、聞くと参加予定者が一人逃げたという。

「逃げたってのは穏当じゃないわね、何かあったの？」

いやぁ、と恵美は電話の向こうでバツの悪そうな声を出した。

「実は、相手が自衛官なのよ。ちょっとお嬢っぽい子だったからそんな3Kっぽいのヤダってなっちゃって」

「初めに言っとかなかったの？」

「最初にツカミで国家公務員って言ったらすごい乗り気になっちゃって、言うに言い出せなくなっちゃったのよ。今日やっと言ったらプリプリして断られた」

よほど揉《も》めたらしく、恵美の声はその話のときだけぐったり疲弊していた。

「他の子は大丈夫だったの？」

「他のみんなには最初から言ったもの。面白そうって結構ウケも良かったよ、物珍しさが勝ってるからどこまで本気で来るかは分かんないけどね」

確かに、日ごろ接点のない職業なだけに興味はそそられる。会社員相手の合コンはどの業種でもオフィスの話題は似たり寄ったりだから、変わった話が聞けそうな点で飲み会として面白いかもしれない。

それにあまり肩肘《かたひじ》張らずに済みそうだ。以前、友人のおこぼれでエリートが粒ぞろいの合コンに参加したことがあるが、こちらがしがない短大卒のOLなので話が噛《か》み合わずに往生した。

「でも、何でまた自衛官との合コンなんかセッティングすることになったわけ？」

「うちの叔父《おじ》が海上自衛隊なのよ。部下の人に出会いの場とか作ってあげたいらしくて。会費も男側に思い切って被《かぶ》せちゃっていいって言うからさ」

恵美の言った会費は普通よりもかなり安かった。場所が品川なのは、先方の自衛官たちが横須賀《よこすか》勤務なので神奈川からのアクセスに配慮した結果らしい。会費を吹っかける分、バランスを取ったのだろう。

「直前だからどうしても数が合わなくてさ。悪いんだけど何とかならないかな？　飲み会としてはけっこうお得よ。それに叔父が顔のいい奴メンツに突っ込んどくって言ってたし、拾いものもあるかも」

拝まれる前に興味が背中を押していた。日程は金曜日だが別に予定があるわけでなし、翌日の土曜もせっかくの隔週休みだが侘《わび》しいことに丸空きなので、遅くなっても気兼ねはない。

それに、叔父の頼みで一生懸命セッティングするのも気のいいこの友人らしいことではある。

「オッケー、用事もないし行くよ。その代わり知り合いあんたしかいないんだからちゃんとフォローしてよね」

「ありがと、助かる！」

拾いものもあるかも、というセールストークはこの時点では完全におまけで聞いていた。

なるほど、叔父さんが突っ込んどいた顔のいい奴というのはこれか。とすぐさま分かる程度の優男が一人いた。

段取りを進めたのは例の叔父さんだが、当日の幹事役を引き継いだのはこの優男らしい。自己紹介で冬原春臣《ふゆはらはるおみ》と名乗った彼は中々に如才なかった。女性陣の興味が集中するのをさらりと受け流し、仲間を巻き込んで話を盛り上げる。最初は緊張していた男性陣も次第にリラックスしてきたのか軽快に話しはじめ、ほぐれてくると剽軽《ひょうきん》な人が多くて冬原抜きでも話が続くようになった。全員潜水艦の勤務らしく、話題の珍しさで女の子の食いつきもいい。

女性側に漫画好きが多かったらしく、有名潜水艦漫画の話題でミーハーに盛り上がっている。

場を整えてから冬原は引き加減になり、飲み食いに徹しはじめた。多分見せゴマとして駆り出されることに慣れているのだろう。

見てくれが良くてソツがない、自分がモテると確実に知っていそうなこういうタイプはあまり得意じゃない。垢抜《あかぬ》けたキャラに対する自然な気後れは、ごく平均的小市民として聡子も普通に持ち合わせていた。

どうせなら盛り上がっている輪のほうに入りたいが、一人だけ部外者の聡子の入り込む余地はなかなかない。フォローを頼んでおいた幹事の恵美も漫画の話で盛り上がり、二人出てくる艦長のうちどっちが好きかとか、そうか奴は兄貴がディープな漫画読みで、本人も充分オタクの資質がありありだった。漏れ聞こえる話に余裕でついていける聡子も人のことは言えないが。

「うちの叔父さん、漫画みたいにカッコよくなくてガッカリ～」じゃなくて。ちょっとはあたしのことも思い出せ。楽しげにはしゃいでいる友人を恨みがましくちらりと睨《にら》むが、飛ばした怨念《おんねん》は空振りだ。

見ると、テーブルの端のほうには微妙にノリに付いていけず戸惑っている風情の男性もいたが、わざわざ席を替わって隣に行くほど『狩り』のモードでもない。

何となくノリからはぐれて間を持て余しているうちに、

「何か付いてる？」

向かいで自分の小皿に刺身を取り分けていた冬原が突然訊《き》いた。自分が話しかけられていると気づいたのは「中峯さん」と名前を呼ばれてからだった。

「え？」

「俺の顔、何か付いてるかな」

「別に……」

「そう？　さっきからチラチラこっち見てるみたいだから俺の顔に何かゴミでも付いてるのかと思った」

聡子の視線の不躾《ぶしつけ》さをざっくりと指摘しながら、冬原はきれいな箸《はし》使いで醬油《しょうゆ》の豆皿にわさびを溶いた。

ああバレてた、と聡子も小さく首をすくめる。

気後れは感じるものの、冬原の顔はくやしいことに非常に聡子の好みで、暇を持て余しがてらついつい視線がそちらを窺《うかが》ってしまっていた。

「ごめん、気分悪くした？」

「ま、多少ね。チラチラ見られると却《かえ》って気になるもんだよ」

場を盛り上げていた愛想のよさと打って変わった率直さで気を悪くしたと言い放つ辺り、ただ当たりが柔らかいだけでもなさそうな性格を感じさせる。

まぁ、これだけ顔が良ければ取り立てて女の子に迎合する必要もないだろうしね。と、これはやや僻《ひが》んだ感想。

ともあれ、どうせ機嫌を損ねたのなら取り繕っても仕方がない。聡子も率直に返した。

「ごめんね、好みの顔が目の前座ってるもんだからつい」

冬原が刺身を口に運びかけたまま固まった。俯《うつむ》いて肩が細かく震えているのは、――顔を上げてから分かったが吹くのをこらえていたらしい。

「いやー……こんなあけすけに顔が好きとか言われたの初めて。女の人もけっこう即物的なんだね」

「いつもはもうちょっと慎《つつ》ましいんだけど。何せ暇だから、今日」

聡子は盛り上がっているほうにちらりと視線を投げた。これで聡子が美人なら男性陣が話題に入れようと頑張ってくれるのだろうが、そこまでするでもない程度なので悪気なく放置されている。

「中峯さん、もしかして数合わせで駆り出されたクチ？」

「うん、まあ。幹事の子と友達なんだけど、他は誰も知らなくて」

「そりゃ入りにくいね。カワナベさんも盛り上がっちゃってるしな」

盛り上がった恵美は場をリードするだけリードして帰ってくる気配もない。かなり興が乗っているらしい。

「彼女、お兄ちゃんの影響で潜水艦漫画ハマってたから。叔父さんも潜水艦の艦長だっていうし、盛り上がるのも道理よね。仕方ないよ」

言いつつ聡子は冬原に向かって軽く首を下げた。

「ま、そんなわけで暇だったもんだからつい鑑賞に走ってしまいました。スミマセン」

「別に見てないで話せばいいじゃない、それとも顔しか興味ない？」

「そんなことないけど」

地味な人間の微妙な気後れなどは説明しても不毛だ。話せばと言われてもとっさに共通の話題など思いつかず、取り敢えず相手のフィールドに乗ってみる。

この場合、相手のフィールドといえば——

「潜水艦が潜るときってどんな？」

訊くと、冬原は少し意外そうな顔をした。

「……何か外したかな、あたし」

「いや。君、潜るって言うんだなと思って」

言われた意味が分からない。怪訝《けげん》な顔をすると、冬原は説明を付け足した。

「潜水艦乗りからすると世間の人って二種類に分かれるんだよね。潜水艦が『潜る』って言う人と『沈む』って言う人。素人さんは半々くらいの確率で『沈む』って言いがちなんだけど、君は違うんだなって」

「え、だって」

付け足された説明で更に訳が分からない。

「クジラが沈むとか言わないじゃない」

「……そこで更にクジラが出てくるか」

呟いた冬原の顔がほころんだ。聡子にはその笑顔の意味が取れない。笑われているような気がして慌てて弁解に走る。

「だって、似てない？　両方黒いし、大きいし。それに深く潜るでしょ？　あ、クジラは一概に黒いとは言えないかもしれないけど。でも形も何となくクジラっぽくない？」

「いや、大変よろしいね。そのセンスは大変よろしいですよ」

まるで学校の先生か何かのように偉そうに論評して、冬原は機嫌よくグラスを空けた。最初の乾杯以降は焼酎《しょうちゅう》や日本酒を適当にローテーションしている。それなりにイケるクチらしい。嗜《たしな》む程度の聡子にはついていけないペースだ。

「潜水艦はね、沈むって言わないの。必ず浮上するから。潜水艦乗りの生理として沈むって言われるのは我慢ならないんだよね、潜水艦が沈むのは撃沈されたときだけだから」

冬原がそう言ったのと前後して、

「……しつこいようですが、潜水艦は『潜る』です」

テーブルの端でノリにはぐれていた男性が女の子に駄目出しをして笑われていた。その様子を横目で見ながら冬原が苦笑する。

「女の子は冗談のつもりで笑ってるけど、あれはけっこう苛立《いらだ》ってる」

「あなたも言われたら腹が立つ？」

「俺は奴ほど大人げなくないから聞き流すけどね。でも、いつまでも直してくれなかったら恋愛対象から外れるかな」

じゃああたしは今のところ外れてないのかしら。というのは走りすぎか。まさかこれが釣れるとは思っていない。

冬原はその後、潜水艦が『潜る』ことについていろいろな話をしてくれた。潜ると艦が揺れなくなるので船酔いしなくて済むとか、揺れないのは水中で波の影響がなくなるからだとか。その代わり、浮上中は普通の船より波に揉まれてしまうらしい。

一方的に知っていることを話すのではなく、聞き手をきちんと噛ませながら話を進める辺りはやはりソツなく話し上手な感じだ。

巧みな話術に乗せられていつのまにか冬原に感じていた気後れはなくなっていた。冬原も酒は気持ちよく進んだらしい。

二次会へ河岸を替える段になって、最初の店を出たときだ。

「抜けようか」

隣に並んだ冬原が何気なく言った。

「でも」

「この顔好きなんでしょ。差しで眺めるとかどう？」

うわ、ぬけぬけとよく言う。

「でも幹事でしょ、そっち」

片方勝手に抜けたら恵美が困る。だが冬原はしれっと言い放った。

「要するにそっちは不都合ないってことだね」

ここまで強気だといい加減くやしくなってくるが、この誘いを蹴《け》るのはさすがに惜しい。顔が好みであることもさることながら、話していて楽しかったのが高ポイントだ。冬原のほうも楽しかったのだとしたらそれはやっぱり嬉《うれ》しい。

冬原はそれ以上は確認を取らず（この辺りの見切りもまたくやしいが）、前に向かって声をかけた。

「夏《なつ》！」

夏と呼ばれて振り返ったのは、『潜る』で駄目出しをしていた彼だ。

「俺ここで抜けるから後まかせた！」

「おいこら！　急にそんな……」

彼も一次で帰りたそうな風情だったが、冬原は無視して一行からはぐれた。強引に聡子の手を引いて振り向きもしないくせに、恵美を気にした聡子の様子を見ているかのようなタイミングで「奴に投げたら大丈夫だから」と幹事と抜ける後ろめたさをフォローする。

ソツのなさで巧く転がされる感覚もあまり経験がないから新鮮だった。

「終電、大丈夫？」

そう訊かれ、もうそんな時間になっていることに気がついた。抜けてきたコンパのほうも二次会はとっくに終わっている頃だろう。

「ごめん、そっち門限あるよね⁉」

隊舎に門限があるという話はもう聞いている。

「今日は外泊取ってるから大丈夫。ていうか、女の子との飲み会で『俺たち門限あるからこれで』とか締まらないでしょ。こういうときはみんな外泊取って来るよ。明日休みだしね」

ならよかった、と慌てて浮かした腰がもう一度落ち着く。懸案が自分だけになるとこの時間を切り上げる踏ん切りがつかない。連絡先は交換したので別にこれでお開きにしてもいいのだが、何となく腰が上がらない。

「そっちはどうするの」

言ってから、バカなことを訊いたと思った。そろそろ終電って時間にそっちはとか女のほうからナニそれ誘ってんの。しかも初対面で。会ったその日にノリでそのままとか別に悪くないけど自分の性格には合っていないし、そもそも冬原がその気かどうか分からないのに勇み足もいいところだ。

それに何より、——冬原に自分を違うキャラで認識されたくない。

今のどうやって取り繕おう。ていうか取り繕うこと自体あるイミ自意識過剰じゃない？

このまま流したほうが正解か？　でも……

途方に暮れた聡子に冬原は笑った。

「何かちょっと名残惜しい感じだよね」

「そう、それッ！」

聡子はとっさに食らいついた。食らいついてからその勢いに自分で慄《おのの》く。

「……そういうようなことが言いたかった」

楽しいのでお開きにするのが惜しい。できればもう少し話していたい。名残惜しい、というのは的確だ。

そしてこの場面でその言葉を選んだ冬原の感覚をものすごく好きだと思った。

それを二人の今の状態として選んだことも。

「取り敢えず、君んとこの最寄り駅まで動こうか。電車の中で話が尽きたらそこで解散、尽きなかったらどっかファミレスでも入って延長開始。どう？　地元に戻っとけば疲れたところで帰れるし気楽じゃない？」

聡子に一方的に都合のいい提案だが、気兼ねは感じなかった。話し込む態勢を整えたら余裕で朝まで話が続くだろうな、という確信があったし、そう感じているのは相手も同じはずだと思えた。

――なんて、もしかしてあたし調子乗りすぎ？

結果としては予想のとおりで、地元幹線道路沿いのファミレスで朝までだらだらとただ喋《しゃべ》っていた。他人が聞いたらどうでもいいような取りとめのない話で何時間も潰《つぶ》すなんて、

まるで無茶で贅沢《ぜいたく》な学生のようだ。しかも、

「どうしよう、すごく楽しい」

話の切れ間に呟くと、冬原がさらりと言った。

「顔以外も気に入ってもらえたところで中峯さんは俺と付き合おうか」

それは願ってもない申し出だったが、飛びつくのはなけなしのプライドが邪魔をする。

のっけで顔が好みとバレているのに、付き合おうと言われてすぐに飛び乗ったら本当に顔に釣られただけのバカ女みたいだ。

「あたしのどこが気に入ってその提案か訊いていい？」

「クジラ」

冬原は真顔で即答した。

「潜水艦とクジラが似てるってセンスに痺《しび》れたね。潜水艦乗りには殺し文句じゃない？」

何の気なしの感想だったが、冬原には直撃コースだったらしい。

この人、自分の乗ってる艦《ふね》が好きなんだろうな。軽いキャラの中に垣間《かいま》見えるそうした熱さもいい。

「このセンスで他の奴らと話されたら競争率が跳ね上がるからね。実はさっさと連れ出したくて焦ってた。今日は強力なライバルが一人いたし」

何となく誰のことか分かった。話の中でも何度か出てきた。

「もしかして夏さん？」

「……何で分かっちゃうかな」

「え、だって。彼に一目置いてるよね？」

ナチュラルに自慢の友達のことを話す口調になっていたのは、冬原的には恐らく不本意だろうから言わずにおく。

「その辺のセンスもチョロくないよね。付き合う分にはこういう子はあんまり楽じゃないんだけど」

「別に楽だから付き合いたいわけじゃないんでしょ？」

「うわぁ正論」

冬原が首をすくめる。

「そんでどうする？　懸案期間、要る？」

「要らない」迷わず即答、そして。「――蹴ったら一生後悔するの目に見えてるし」

一生、というのはちと大袈裟《おおげさ》か？　でもキモチとしては嘘じゃない。客観なんか知ったことか、自分のレンアイくらい浸らせろ。

夜が明けてから聡子の部屋に転がり込み、昼過ぎまで二人で爆睡した。徹夜のお喋りで体力を使い果たして沈没とか、ますますもってバカな学生ノリだ。

でも学生のときは逆にこんな恋愛じゃなかった、ガチガチに緊張したり変に背伸びしたり。

史上まれに見る高望み物件と付き合うことになったのに、今までで一番リラックスしている。それも何かのスペシャリティのようで素敵だった。

「やー、正直あんたが持ってくとは思わなかったわ」

――と、幹事の友人は後に言った。

「叔父に訊いたらあの冬原くんてほんとに見せゴマ要員だったんだって。本人も冷めてる感じのキャラで、コンパで女の子釣って脱走とかあり得ない珍事だったらしいよ」

どうよ、そういう人に強奪された気分て。野次馬丸出しの恵美に聡子は苦笑した。

「別にフツーだよ。フツーによく喋るし、バカみたいなこともするし。顔がいいってこと以外はすごく普通」

「顔がいい時点でフツーじゃないのよ、調子くれやがってこのムスメはっ」

でもまあ、と恵美がにんまり笑う。

「上手《うま》くいってるみたいでよかった。これからいろいろ大変かもしれないけど頑張って」

そんな激励をもらったが大変なことなどその時点では何もなかった。

冬原の艦の母港は横須賀で、聡子の住む駅までJRで一本だ。当直の重なった休み以外はまめに会えたし、外泊を取って聡子の部屋に泊まるときもある。

相変わらず合コンには見せゴマ要員として駆り出されているようだが、それを聡子にも隠さないので疚《やま》しいところは一切ないらしい。自衛官は女慣れしていない人が多いらしく、場のほぐし役として冬原の存在は貴重なようだ。上官直々の合コン参加命令とは奇妙な話だが、実際に冬原の手腕は初めて会ったときに目撃しているから納得はいく。

平日でも電話は可能だ。勤務は三交替だか四交替だか、シフトが分からないので聡子のほうから電話をすることはそれほどないが、ちょっと声が聞きたいなというタイミングで大体冬原から掛かってくる。

冬原がそのタイミングを読んで掛けてくるのか、話をしたいタイミングが聡子と重なるのかは分からないが、どちらにしても気に掛けられているということなので素直に嬉しい。

聡子から掛けて『この電話はただいま電源が入っていないか、電波の届かないところに……』となるときは乗艦中だ。携帯電話をアルミ箔《はく》で包むと同じことになる。すなわち、潜水艦がアルミ箔だ。艦内には一切電波が届かない。

それは仕方ないにしても、艦内に電話がないという話は驚いた。

「今日び、そこいらのフェリーでも船上電話あるのに」

「そりゃ、軍用艦と民間船じゃ必要なユーティリティが違うよ」

軍用艦。さらりと言われて今更のように思い出す。そう言やこの人って現代日本社会におけるところの軍人さんだった。

「緊急の連絡とかってどうするの？」

「親族なら総監部を通しての無線連絡が可能だね。航海中に子供が生まれた隊員に連絡が来たことあるよ。一親等の不幸とかなら近くに寄港して降ろすこともあるらしいし」

大変だね、と相槌《あいづち》を打った聡子に冬原は頷《うなず》き、苦笑気味に「ごめんね」と付け加えた。

脈絡のない謝罪はそのときにはただ唐突に聞こえただけだった。


呼び方が「冬原くん」から「ハル」に変わったころ、それまでの恵まれた状況の理由が判明した。

「うちの艦、足回りの不具合があってここ何ヶ月かずっとドック出たり入ったりだったんだよね。だから出港しても数日単位で近海うろちょろしながら様子見で」

言いつつ冬原は既に定位置になったベッドの前で気に入りのぬいぐるみをなぶっている。

「や、ちょっと枕にしないでってば。もうおなかにハルの頭の跡ついちゃってんだよ」

「あれっ聡子聞こえない？　ほら、『ハルくん疲れてるならボクのおなかで寝て！』って言ってるじゃない。優しいねえこの子」

「言ってない！　息するようにウソ吐《つ》かないの！」

冬原は意にも介さず無茶にクマを抱え込む。

「そんでまあ、艦の足回りが回復しましたんで……」

あくまでクマをなぶりながら冬原は聡子のほうを見ない。

「俺と付き合うのもそろそろ考えどころかなって」

え。

それってどういうこと。

俺と付き合うのも考えどころ。どこに考えるとこなんて。

「うわ待って！　いきなり泣くのは反則よ!?」

クマを放り出した冬原が聡子に身を乗り出す。

だって。出した声は声にならない。

「……どっちが反則なのよ、こんな」

普通にいつも通りにふざけながら別れたいみたいなこと。

「言ってない！　別れたいとか一言も言ってないでしょそんなこと！」

いきなり恐い結論に飛ぶなよ、と冬原が苦ったように呟きながら聡子の目元をその辺にあったタオルで拭《ふ》く。それ、きのう髪拭いてほったらかしてたやつなんだけど、とはこの状況では言えない。自業自得なので黙って拭かれる。

「付き合うのが考えどころって別れたい以外にどう取れって言うのよ」

「俺の考えどころじゃないって、聡子の考えどころだよ」

何であたしが。ハルといて楽しいしハルといて落ち着くしハルのこと好きなのに。

このままずっと一緒にいたいのに。

「何でそんな考えどころ勝手に決めんのよ」

詰《なじ》っているつもりが声は萎《な》えてへろへろだ。

「うん、だから。艦が本調子になったからね」

何の関係があるのよそれ。

「これから先は好きってだけじゃ辛くなるかもしれないから」

どうしてよ。

「有体《ありてい》に言えば、今後は遠距離恋愛になります。しかも結構きついバージョン。これからは長い航海が増えるからね」

「そんなことは分かってるのよ」

頻繁に会えていた今までが特別だったことくらい、話を切り出されて察している。これからは今までのようには会えなくなるということも。

てっきり長期の航海がない部署だと思っていたから聞いた反射でがっかりしたのは事実だが、それでも別れる選択肢は思いつきもしなかったのに。

「何であたしの気持ちをハルが勝手に見積もるのよ」

今までみたいに会えなくなるんなら、ハイここで別れましょう。自分の気持ちをそんな程度に見積もられたことがくやしい。

会えないくらいで気持ちは変わらないなんて豪語できる自信はないけど、『結構きついバージョン』がどれほどのものかまだ分からないけど、それでも今は怯《ひる》まないくらいには好きなのに。

会えない辛さを凌《しの》げるかどうかは分からないけど、少なくとも凌ぐ努力を端《はな》からしない選択なんかあたしはあり得なかったのに、勝手にあたしを見積もって切り上げないでよ。

ごめんな、と冬原が聡子を軽く抱きしめた。

「見積もったように聞こえちゃったか」

ああそうか、と初めて思い至った。もしかすると冬原も不安なのだ。

「……大丈夫だよ」

冬原の背中を軽く叩《たた》く。

「どれくらい『きつい』か分かんないけど、我慢したいから」

「そこで『我慢できる』じゃなくて『したい』って来るとこすげぇ好き」

抱きしめる冬原の腕がぎゅっと締まる。そしてしばらく黙っていて、やがて言った。

「でも、もし我慢できなくなったら、俺と連絡取れなくても聡子が別れたいときに別れたことにしていいよ」

聡子に条件を返すときは『我慢したくなくなる』ではなく『我慢できなくなる』という前提に直すところが冬原の濃《こま》やかさだった。

そしてその日から一週間と経たないうちに、冬原からの連絡は不意に途絶えた。電話は延々と『ただいま電源が入っていないか電波の届かない場所』を繰り返すばかりになった。

そのメッセージをこの世で最も憎める自信のついた頃、携帯に『表示不能』という謎の着信が入った。初めて見る謎の表示に恐る恐る、しかし多少の予感を持って出てみると、やはり二ヶ月ぶりに聞く冬原の声だった。通話状態が悪く「元気?」「よかった」などと互いの無事を確認しただけでぶつりと切れた。

後で調べてみると、『表示不能』というのは海外から掛かってくる電話らしい。どっと疲れが来た。二ヶ月ぶりで一言二言話したと思ったら国内にすらいなかった。帰ってくるのは一体いつだ。なるほどこれは確かにきつい。

結局それから新たな連絡は一切なく、再会したのは電話から一ヶ月は後だった。二週間ほどの停泊で会えたのは泊まりが一度きり、それからまもなくまた音信不通になって出航を察することになった。

果たしてその後も恋路はかなり過酷だった。

潜水艦の航海スケジュールは丸ごと防衛機密で、出航日も期間も寄港予定も部外秘だ。家族でさえも航海予定は知らされないことが珍しくないそうで、たかが彼女ごときに予定を話せるわけもない。

一度連絡が取れなくなったが最後、次に会えるのはいつか分からないのがデフォルトだ。しかも最短一ヶ月から。二ヶ月、三ヶ月が当たり前の世界である。

更にその間連絡はほとんど取れない。水上艦なら陸地のそばで電波が繋がるタイミングもあろうが、潜水艦は潜航が基本だ。携帯の使えるタイミング自体が水上艦より圧倒的に少ない。奇跡的に電話が繋がってもすぐにブツブツ切れるので、自然と携帯利用はメールに落ち着いた。

ここで更に過酷ポイントが加算、冬原のメールに恋人らしい甘ったるさは一片たりともない。「元気ですか。こっちは元気です」月単位で待ちわびたメールの内容がこれである。フラストは溜《た》まる一方だ。聡子からのメールは毎回数十行にもなんなんとするというのに、この淡白っぷりは一体何だ。キモチの差か。キモチの量が違うのか。

Q. メールがあっさりすぎて寂しいです。もう少し何とかなりませんか。

A. 手紙を書く文化が今までなかったのですみません。努力します。

そんなような交渉を経て最低三行は書くように改善してくれたが「元気ですか。こっちは元気です」＋「今日の夕食はカレーでした」とか、小学生の日記か！　と突っ込みたくなる。会っているときはあれだけ饒舌《じょうぜつ》なのにメールではえらい落差だ。

加えて最後の障害としては、——聡子の周囲の世間は過酷な遠距離恋愛を黙って放っておいてはくれなかった。

悪い意味で気に入られた。職場の話である。

いわゆるお父さんが社長でお母さんが専務で、という同族会社を一応は従業員百名余の規模に引き伸ばしたような商社が聡子の勤め先で、ここに今まで他社に勤めていた社長の息子が入ってきた。

これが絵に描いたような若ボンというか、よく言えばおっとり悪く言えばボンクラ──斟酌《しんしゃく》せずに言葉を選んでしまえばまあ、かなりうざい。特別に態度が悪いわけでもなく、極端に引くような見てくれでもないのに、一週間で同じ課の女子社員全員から嫌われるというのはある意味一つの才能だ。

「もうやってらんない！」

給湯室に入ってくるなり同期のタグチは壁に何度もローキックを入れた。

「聞いてよナカミネ！　あたし今日くそボンの書類を昼から十四回！　十四回も作り直してんのよ！」

「それはまた……」

神のブラインドタッチ、神速のタイピスト等の呼び名をほしいままにするタグチはＯＡ作業の早さと正確さに定評があり、どんな悪筆走り書きの草稿でも正確に読解・校正まで入れて期限内に書類に仕立てることにかけては社内随一の実力を誇る。

そのタグチがリテイク十四回、原因がタグチでないことは社内の人間には明白だ。

「ここの数字を全角から半角にしてくれ、やっぱり全角にしよう、ここの句読点抜こう、罫線《けいせん》太くして、やっぱり細いほうがよかったから戻して、二重線のほうがかっこいいかな……そんなんで十四回！　しかも作ってる書類何だと思う、ゴルフコンペのお知らせよ⁉　しかも社内版！　ペラ一枚に四時間ってそんなんで部長の給料もらえるならあたしが部長になりたいわよ！　バカ、バカ、バ――――カ！」

またボン伝説が一つ増えたか、と聡子は苦笑しつつコーヒーを淹《い》れた。前時代的な体質のこの会社はお茶汲《ちゃく》みと掃除は女子社員の仕事だ。

「あ、それ今から出すやつ？　ボンのどれ？」

言いながらタグチが台所用洗剤を取り上げる。

「ちょっと！　毒物混入はいくらなんでもやばいでしょ！　つーか人の当番のときに画策しないでよそーゆうこと」

ちぇっ、と冗談でもなく残念そうにタグチが洗剤のボトルを置く。

「そんで、ナカミネご指名だってさ。お茶あたしが出しとくから行ってきな。作りかけの書類はボンフォルダに入ってるから」

またか。知らず溜息《ためいき》を吐《つ》いた聡子に、タグチは本気で気の毒そうな顔をした。

「気に入られちゃったわねぇ、あんた」

『ちゃった』。正に『ちゃった』だ。

全員一丸となって嫌っている上司でも、全員でほったらかすわけにはいかない。若ボンでもあることだし最後は誰かがフォローせねばならず、上司とのしがらみを「お金に頭を下げてると思えば腹も立たない」ときっぱり割り切れるタイプの聡子がフォロー役に回ることが少なくなく、結果的にボンに気に入られてしまった次第である。

机に戻ってタグチの『作りかけ』の文書を開くと、一体これのどこが気に入らないのか理解しかねるパーフェクトな書類がザラザラ出てきた。あまりにもくだらないリテイクが多すぎるのでバージョンが十、二十と重なってしまうボンの文書を他から隔離するために作られた通称「ボンフォルダ」には、「ゴルフコンペ1.01」から「1.14」までのファイルが収められている（うっかり「改」などとタイトルを付けてしまうと「改々々」「改々々々（以下略）」と大変なことになってしまうからだ）。

「あっ、中峯さん！」

机に戻った聡子を目ざとく見つけてボンがいそいそ寄ってくる。その嬉しげな笑顔だけ見ていれば人が好《よ》さそうと言えないこともないのだが。

「書類の訂正って伺ってますけど」

「うんそう、そうなんだ。タグチさんも頑張ってはくれたんだけど、どうも細かいミスが多くてね。やっぱり僕は中峯さんじゃないと」

このうえ人のせいと来た。タグチが戻ってなくてよかった、これを聞いたら給湯室から包丁を持ち出してくるだろう。

何か一言二言当てこすってやりたい気もしたが、当てこする分だけ言葉を余計に交わすことを考えると飲み込める。聞き流したほうが労力は少ない。

それに若ボンだけあって機嫌を損ねると後が鬱陶《うっとう》しいのだ。

「取り敢えず、今まで作ったバージョンを全部プリントアウトして持ってきて。じっくり比較するから」

ペラ一枚のゴルフコンペのお知らせで大層なことだ。しかも見比べるためだけに十四枚を印刷して持ってこいとは、社長の経費削減の訓戒は息子に届いていないらしい。

残業二時間コースかな。ボンの仕事に関わるとそれが標準である。週末などは彼氏持ちに酷だが、聡子の場合は会うべき相手が陸上にいないのが標準なので気長に付き合える。その点でも聡子はボンのフォロー役には最適だった。

デートの約束があるのにボンの仕事が終わらないと同僚が半べそかいていたら、それは彼氏が物理的に不在の聡子が肩代わりするのが一番穏当というものだろう。大体において、デートの約束がしやすい日というのは他の彼氏持ちの子にとってもそうだということで、同じ課の女子社員は全員彼氏持ちである。

何ら気兼ねなく残業を代われる状況がたまに空しい。——あたしだって彼氏持ちのはずなのに。

その日もやっぱり残業は二時間強だった。


中峯さんって付き合ってる人いるの？

いるみたいですよ。

でも彼氏いる気配があんまりないよね。いつ残業頼んでも平気みたいだし。もしかして本当はいないのにいるって言ってるだけじゃないの？

そんな嘘吐《つ》いて一体何の得があるんですか。

だってうちの課の女子はみんな彼氏持ちでしょ？　自分だけ彼氏いないのが肩身狭くて見栄《みえ》張ってるんじゃない？


「……というようなやり取りがくそボンとあった」

タグチが深刻な顔で打ち明けた。会社の近くのランチ御用達店でのことだ。

「その場で奴を張り倒さなかったあたしを誰かほめてほしい」

「うん、えらかった」

「いや、あんたはほめてる場合じゃない」

どうすんの、とタグチは真顔になった。

「ナカミネ狙う気満々よ、あいつ。年いくつ離れてると思ってんのよね」

　ボンは確か今年で三十七だか八だか、聡子とは十三、四歳離れている。年の差が恋愛の障害になるとは思わないが、少なくとも相手がボンでは検討対象外だ。

「いやまあ……こっちにその気がなかったらどうにもならないでしょ。あしらうわよ適当に」

　それよりも痛かったのは『肩身狭くて見栄張ってるんじゃない？』の件だ。好きな男とちゃんと付き合っているのに何で彼氏の存在まで疑われないといけないのか。しかも肩身が狭くてとか見栄を張ってとか、そんな下らない理由まで付けられて。

　そして奇しくもタグチからその警告を聞いた日に、ボンから直接同じ問いを投げられた。例によって残業中の話である。最近では何だかんだと指名で毎日残業を強いられるようになっている。

「中峯さんって付き合ってる人いるの？」

　来やがった。警戒態勢は万全だったので即答。

「いますよ」

　多少叩きつけるような声音になったのは否めない。

「でも、彼氏がいる気配ってあんまりないよね。いつ残業頼んでも大丈夫みたいだし」

　その先を、言うな。露骨に気配を尖《とが》らせたのだが、ボンには空気を読むというスキルがなかったらしい。

「本当は彼氏いなかったりして」

――いるってんだろ死ねバカ！

怒鳴りつけたのは幸い空想にとどまったらしい。

「ちゃんと好きな人と付き合ってますよ。ただ、滅多に会えない仕事の人なんで」

冬原の素性までこんな奴に教える気はない。自衛官で潜水艦乗り、そうでなくても興味本位に色々つつかれる仕事だ。食い下がって訊いてくるのを適当にお茶を濁す。

そうして逃げ切った翌日、タグチ情報によるとボンは聡子の彼氏は騙《かた》りだという結論を下したらしい。

だって彼氏のこと訊いても何にも答えないんだよ。滅多に会えない仕事なんて嘘くさいよね。

どうしてそこでお前に話したくないから話さなかったというだけの真理を思いつけない。嫌いな奴に個人的な話などしないということに何故思い至らない。

そうじゃなかったら上手くいってなくて別れる寸前とかさ。

余計なお世話だ。歯切れ良くぶった切るにはキモチが少ししおれている。

滅多に会えないうえに連絡はメールが月に一度来るかどうか。正直に言うと、自分でも本当に冬原とまだ付き合っているかどうか確信が持てなくなる。

あたしはまだハルの彼女かしら、ハルはまだあたしのことが好きかしら。

だってあたしのメールは迸《ほとばし》って長いのに、ハルのメールは三行がデフォルトだ。気持ちの量に差があるんじゃないかという疑いは常に消えない。そして連絡を待つ間の長いこと。次の入港はいつだろう、そして入港のときハルはまたあたしに連絡をくれるのかしら？もしかして冷めたとか面倒くさくなったとか、いつハルにそんな転機が来ても、あたしがそれに気づく術《すべ》はない。

不安の種は数えれば数えるほどお化けのように増える。

そんなことをうだうだと思い惑っていたから、だからそんなことになってしまったのだ。

インターバルが約一ヶ月。前回から数えて思いのほか早い再会は楽しいものになるはずだったのに、最後の最後で転倒した。

泊まりにきた冬原が帰る支度をしはじめて、毎度のことで聡子が愚痴った。

「あーあ、もう終わっちゃったね。次会えるのいつかなぁ」

「ごめんね」

答えられない質問を投げても冬原は鬱陶しそうな顔をしない。ただ困ったように笑う。

「待つ時間が分かってたらちょっとは楽なのに」

責めても仕方のないことなのに埒《らち》もない恨み言は止まらない。

そうして決定的に失敗した。

「ハルが普通の会社員だったらよかったのになぁ」

そのときの冬原の顔を一生忘れない。ものすごくものすごくものすごく——

傷ついた顔をした。

「……それって、俺らが出会った前提自体が台無しじゃない？」

潜水艦ってクジラに似てない？　それが馴《な》れ初《そ》め。冬原が普通の会社員だったらそんな馴れ初めは発生していない。

ごめん。呟いた声は声にならない。どうしてあたしこんなこと。自分の迂闊《うかつ》を深く呪うが、放った言葉に取り返しはつかない。

言えるとしたらこれだけ。

「ごめんなさい。もう絶対言わない」

「うん」

冬原も短く答えるだけだ。

気まずいままで冬原は支度を終え、玄関で「じゃあまた」とお決まりの短い挨拶《あいさつ》で軽くキス。ああよかったいつも通りだ、と安堵《あんど》した瞬間——

「約束覚えてる？」

冬原が囁《ささや》いた。

「聡子からはいつでもやめていいから」

叫んだのはほとんど反射で、しかも力いっぱいだった。自分の耳には悲鳴にしか聞こえなくて、もう一度繰り返す。

「嫌！」

駄々を捏《こ》ねるように一言。涙が一気に堰《せき》を乗り越え、冬原の姿を滲ませる。

冬原は何も言わずに聡子の頭を軽く撫《な》で、それから部屋を出て行った。

ごめんなさいごめんなさいごめんなさい。

クジラに乗ってるハルが好きです。だってあたしが会ったハルはクジラに乗ってるハルだったから。

そんな恥ずかしい台詞《せりふ》も面と向かってなら勢いで言ってしまえるのに、携帯でちまちま文章を組み立てていると素に戻った自分が検閲をかける。

結局「行ってらっしゃい。元気でね」そんな無難な言葉にまとめてしまう。

冬原からも「行ってきます。聡子も元気で」と当たり障りのない返信が来て、それからまた連絡のつかない日々が始まった。

ねえあたしたち仲直りしたの？（それはちょっと微妙かも）ハルはあたしのこと許してくれたの？（分かんない、まだ怒ってるかも）あれで終わったことにはなってないよね？

（それも分かんない）このままフェードアウトになったりしないよね？（絶対にならないなんて自信ない。だってすごく傷つけた）

　宙ぶらりんなまま待つしかない日々はかなり過酷で、会社でも過酷な出来事が重なった。

　ボンが営業に転向することになり、各営業に一人ずつ付く女子アシスタントには当然のように聡子が指名された。

　直属の上司として一対一で接するようになると、ボンは中々に性質《たち》の悪い暴君だった。とにかく自分の思い通りに物事が回っていないと見る間に機嫌が悪くなり、それは聡子に当たり散らすことで解消される。取り引き先でも不機嫌なことを取り繕おうとしないので、そんなときに外回りや来客が入るとフォローに神経がすり減る思いだ。

　こうなってくるとボンの機嫌を損ねないことを最優先にするほかなく、夕食など明らかに業務と関係ないプライベートにも命じられたら付き合わざるを得ない。

　ボンのアシスタントにされてから、他の女子社員に内緒で謎の名目の手当てが付いた。それは要するにそういうことなのだろう。ボンが何かのトラブルを起こすごとに、聡子が社長や専務《おくさん》に呼ばれて小言を食らう。「ちゃんとしてくれなくちゃ」そのために給料だって考慮してるんだから。バカ息子にはバカな親、絵になるほどに典型的だ。

悪いけどあんたたちのバカ息子をフォローすることを考えたらたかが二万の手当てじゃ割に合わない。無名の短大卒女子に一体何をどこまで期待してるの。

事務のときは同僚たちと愚痴ったり帰りにちょっと遊んだりしてガス抜きもできたが、営業に回ってからはそんな機会もめっきり減った。営業アシスタント同士では帰りが遅く、仕事の後にちょっとごはんでもという感じにはならないし、ちょっとした愚痴をこぼそうにも各営業の動きがバラバラなので接点がない。タグチの毒舌が懐かしかった。

そのうえ、社長夫婦は親ばかの本性を隠さなくなってきた。創業から会社を支えていた役員がボンの勤務態度を注意して解雇された事件は全社を震撼《しんかん》させた。

ボンは完全に腫《は》れ物になった。二代目が会社を潰す典型の絵が見えてきて、目端の利く社員の中にはすでに転職の算段を始めた者もいるという。

その腫れ物の手綱を取らされるのが聡子だ。正直言ってこの坊ちゃんを操縦する自分の手腕を考えたら、ちょっとした会社で秘書くらいは務まるような気がしてきた。コミカルなメロディに乗せて流れる人材派遣会社のCMに、気づいたら真剣に見入っている自分がいる。

機嫌に任せて当たり放題のくせに聡子を「狙っている」のは変わらないらしい。外回りを直帰にして夕食に付き合わせることはますます頻繁になった。

「おごるから」などと言いつつ、毎回必ず会社名義で領収書を取るセコさにうんざりだ。

女子社員にコナを掛ける費用も経費に計上できるなんてつくづく社長の息子とはいい商売だ。たまには自腹で誘ってみろ。

「ホントは彼氏いないんでしょ？」

「いますよ」

そのやり取りも今となっては押し問答に近い。露骨にうんざりした顔をしても、ボンは意にも介さず何度でも食い下がる。世の中には殴られないと拒否されていると分からない奴らがいて、そんな奴らに限って殴ることができない位置にいる。

「彼氏いるなら写真見せてよ」

ふざけるな何でお前なんかに恋人の写真を見せなくてはならないのか。プライベートを上司に公開する義務などない。

一度見せてしまえば片が付くかもしれないと思ったが、自分の大事なものにシミがつくようで嫌だった。最後に冬原を傷つけて、冬原の知らないところでこんな下らないオヤジに冬原をさらしたくはない。

毎日毎日、心がどんどんささくれていく。

「そもそも、僕は親父の跡なんか継ぎたくなかったんだっ！　本当は宇宙開発の技術者になりたかったんだ！」

「でもあなた、理数系全然ダメだったじゃないの！」

やめろ、みっともない！　と叫ばなかった自分が我ながらすごいと思う。安普請の雑居ビルだ、ドアを閉めても社長室で繰り広げられる社長一家の親子喧嘩《げんか》はフロアに筒抜けである。もちろん安いパーティションで区切っただけの応接室にも筒抜けで、こんなときに限ってボンの担当の客が来ている。お茶を出しながら恥ずかしくて身が縮む思いだ。

大変ですな。失笑混じりの呟きは明らかに小馬鹿にしていて、取り引き先でそれを露《あらわ》にする来客のレベルも知れたものだが、それよりさらに低レベルなほうに否応《いやおう》なく属さねばならない自分が情けなくて泣ける。

何しろ聡子はここの社員で、上司に至ってはアレだ。

誰か重役が注意してくれたらいいものを、誰一人として社長室に向かおうとはしない。言い争う声が聞こえないかのように完全に無視してやり過ごす。先日ボンを注意してクビになった役員の記憶はまだ新しい。聡子だってもちろん何も言えはしない。

所詮《しょせん》こんな程度の会社で、こんな程度の社員だ。聡子も含めて。

結局そのときの親子喧嘩は、社長の「××にしか入れなかった程度で一人前の口を利くな！」と世間的には充分に一流大学と言われるボンの母校をあげつらった一喝で終わった。

大変ね、あんたも。もしもあたしがあんたの母校に入ってたら一家の誉れとお祭り騒ぎなのに、あんたは「程度」で片付けられちゃうんだ。あんた、うち「程度」の家に生まれたらよかったのにね。

勝手な同情をしたのが分かったわけでもないだろうが、ボンは来客の前で鬱憤晴らしのように聡子に当たり散らした。

ステロにスポイルされているボンも気の毒なのかもしれないが、同情している場合じゃなかった。捌《は》け口のように当たられる自分がもっと気の毒だ。

ストレスは高いところから低いところへ、より弱い者へと下りてくる。


ハルに会いたい。せめて声が聞きたい。

絶対無理だと分かっているのに何度も冬原の携帯に電話してしまう。

もしかしたら奇跡的にどこかの近海に浮上中で、しかも冬原が携帯を持って甲板に出ていたりしないだろうか。

ドラマだったらここで奇跡が起こるのに、現実はあくまで無味乾燥だ。あり得ないことはやっぱり冷酷にあり得ない。

そんなとき、やっと待ち望んでいたメールが来た。微妙な別れ方をしてから二ヶ月。冬の漁火の写真付き。

いつもよりメールが届くまでの時間が長かったような気がする。

いつもなら単に航海スケジュールの問題だろうと納得するところを穿《うが》ってしまう自分がいる。ねえあたしたちまだ大丈夫なの。

元気ですか？

浮上したら漁火がきれいだったので送ります。

春はまだ遠いですが風邪など引かないように気をつけて。


その淡々とした三行は最後の聡子の後ろめたさや不安を解消するには足りない。

どんどん思考がマイナスに転がりはじめるが、途中で必死に歯止めをかける。

このままくどくど考え込んでいたら、最後は行き着いてはいけないところに行き着いてしまう。

もう二度と、

——ハルが潜水艦乗りじゃなかったらよかったのになんて考えない。

そう決めたから。

＊

春はまだ遠いですが。

それから二ヶ月経って四月になった。

横須賀で事件が起きて、自衛隊が災害出動する大騒動になった。テレビに映る横須賀はまるでパニック映画のような惨状に陥っていた。死者は数百人、ことによっては千人単位に上るかもしれないという大惨事だった。

聡子に降りかかってきた直接の影響は、神奈川方面の営業回りに支障が出たことと電車のダイヤが乱れたことくらいだが、横須賀港に潜水艦が一隻座礁して動けなくなっているというニュースが少し気にかかった。

まさかハルの艦じゃないよね。心配していた矢先に、久しぶりに恵美から電話があった。叔父さんが横須賀の事件で亡くなったという。彼女の叔父さんは冬原の艦長だったはずだ。

ハルは？

泣きはらした声の恵美に仔細《しさい》を訊くのは憚《はばか》られ、口ごもっていると恵美から先に言ってくれた。

「乗員の人はほとんど無事に避難したって。でも何人かが艦内に取り残されてるらしくて、冬原くんがどっちかは分からない。ごめん」

ごめんなんてそんな。

「ありがとう、大変なときに」

わざわざ知らせてくれた友人の厚意にはどれほど感謝しても足りない。

『横須賀にいると聞きました。無事ですか』

メールを打ってみたが、冬原からは一切連絡が入らなかった。よほど慌ただしい状況にいるのか。こんなときだというのに、ハルはあたしのことがもうどうでもいいから連絡がないんだろうかとか、そんなことを心配してしまう自分に嫌気が差す。

でも迷惑になるかもしれないから、重ねての連絡はできない。いくら不安でもそこまで空気を読めないバカにはなれない。

毎日事件の報道を食い入るように追った。ニュースをエアチェックして新聞も主要紙を毎朝駅の売店でまとめ買いだ。同僚の怪訝な目など知ったことではなく、始業前の僅《わず》かな時間で潜水艦乗員死亡という記事がないことを必死で確かめる。

横須賀で座礁した潜水艦は『きりしお』という名だった。ひょんなことから冬原の艦の名前を知ることになり、艦を特定できる情報は一切教えられていなかったことに改めて気がついた。

軍事に知識も興味もない聡子に艦名を教えたところで、何かの機密に差し障るような話になるとは思えないが、それでも公私の別を頑《かたく》なに守っていた冬原は、聡子が思っていた以上に仕事に対してストイックなのだろう。

あたしのクジラ乗りさん、真面目なクジラ乗りさん。

どうか無事で。

叶《かな》うものなら一日中でもテレビのニュースに齧《かじ》りついていたいところだが、まさか事件が解決するまで病欠を決め込むわけにもいかない。

相変わらず会社でボンの機嫌を取りつつ、一方で大事件の渦中にいるかもしれない恋人の身を案ずる。現実というものは存外シュールだ。

事件は発生してから六日目で終結した。


事件が終わったら冬原から連絡があると思っていたのに、その日は何の連絡もなかった。

事件が続いている間は安否だけを気にかけていればよかったが、いざ解決してしまうとそれまで理性で封印していた下らない心配が噴出する。

事件が終わったのに連絡がないのはどうして。ハルはあたしのことなんかもうどうでもいいの。やっぱり最後の喧嘩は致命的だったの。

今晩はこっちから電話してみよう。事件も終わったことだし、安否を確かめるだけならそんなに邪魔にはならないはず。そう思った日の帰り、ボンはまた夕方の外回りを直帰にした。

「今日は早く帰りたいんですけど」

せめてもの悪あがきをしてみたが、見る間に機嫌が悪くなったので結局夕食も付き合うしかなかった。

「いやー随分遅くなっちゃったね」

事件の煽《あお》りを食らって神奈川方面から都内までが未曾有《みぞう》の大渋滞で、車を使った外回りはどうしても時間が遅くなる。遅くなったのなら夕食は勘弁してくれるかと思ったのに、やっぱり夕食も付き合わないといけないらしい。

あたしは一体何なんだ。このおっさんの召使いか。

せめてファミレスか何かでさっさと終わらせてくれればいいものを、わざわざ専門店で時間のかかるコース料理だ。

あまり遅くなると電話を掛けるには迷惑になる。そうでなくても冬原は隊舎で集団生活だ。

じりじりしてコースが終わるのを待つが、結局店を出ると十一時を回っていた。知らずのうちに溜息が漏れる。もう電話はできない。明日までお預けだ。せめてメールを打とう。

遅くなったから家の近くまで送るとボンが言い出し、電車のダイヤもまだ混乱していることなのでついそれに甘えた。最寄り駅で降ろしてもらえば大丈夫だろうと、——それが甘かった。

「付き合ってる人がいないなら僕と付き合ってほしいんだけど」

「付き合ってる人いますから」

何で駅前に停めた社用車の中でこんな押し問答をしているのか。

「でも本当はいないでしょ？　予定があるから定時で上がりたいとか言ったことないじゃない」

分かっていますよと言わんばかりの賢《さか》しげなにやけ面に吐き気がこみ上げる。

彼氏がいないのに頑なにいると言い張っているなら、それこそあなたとだけは付き合いたくないということになりますが、このバカにそれを指摘しても許されますか？

いっそ「たとえ彼氏がいなくてもあなただけは一切男として意識できません」と啖呵《たんか》を切ってやりたかったが、ボンを注意してクビになった役員のことが頭をよぎって言い出せない。

「一体あたしのどこが気に入られたんですか」

堂々巡りから逃げようとそんな質問を投げてみると、ボンは無邪気に笑った。

「中峯さんは他の女子社員みたいに生意気じゃないし、逆らわないからね」

うわ最悪！　最悪ということに気づいていないことが最悪だ。

私があなたに逆らわないのは、逆らわないことが謎の手当ての二万円の義務だからです。義務が発生する前は、バカには逆らわないことが一番賢いやり方だと私が思っていたからです。

こんなことになるならギャンギャン噛み付いてやればよかった、それこそタグチのように。

「とにかく、付き合ってる人いますから。失礼します」

強引に話を切って、車から飛び出す。

「ちょっと！」

ボンも続けて車を降り、聡子を追って歩き出した。もしかしてストーカー規制法とかで訴えたら勝てるんじゃないのあたし。

くどくど呼びかけてくるのを「もう遅いので」「疲れてるので」とそれしか言わずに家に向かう。マンションはオートロックだし、とにかく逃げ込んでしまいさえすれば。家を知られるのは痛いが、これで家のほうにまで付きまとうようになったらそのときは辞職を覚悟で警察へ行くまでだ。定職を失うのは一人暮らしでは痛いが仕方がない。

マンションが見え、耐え切れずに小走りになった。玄関ポーチへ駆け込んだ途端、何か嗅《か》いだこともないような異臭がした。

油臭いというか煙草臭いというか汗臭いというか男臭いというか。

え、何。思わず足を止めると、植え込みの陰に誰か座り込んでいる。

「お帰り。土曜なのに遅くまで大変だったね」

ものすごく疲れた様子で聡子を見上げたのは、――冬原だった。異臭の元も冬原である。

ああそう言えば潜水艦は臭《にお》いが籠《こ》もるから降りた直後はものすごく臭くなるとか話してたな、と思い出した。

「こんなナリで来ちゃってごめん。ちょっと事情があって艦から直接来たから」

立ち上がった冬原は髪も汚れて重くなっている感じだが、とにかく服の臭いが凄《すさ》まじいということが分かった。長い航海で艦の臭いが染み付いているのだろう。

追いついてきたボンが玄関ポーチに入ってきた。

「中峯君」

聡子を呼びながら近づいて、異臭に気づいたのか怪訝な顔で聡子と冬原を見比べる。

冬原も無言でボンを見つめ、聡子を見て、

「ああ……ごめん」

「……って、バカッ！」

帰ろうとした冬原に聡子は正面から思いきり抱きついた。抱きついてからちょっと後悔、鼻が曲がる。でも。

「何であんたが帰るのよッ」

低く呟くと、冬原が苦笑した。

「……あーあ。服に臭いが移るよ」

「いいよ」

ホントはよくないけど。冬原の胸に顔を埋《うず》めたまま聡子は離れなかった。毒食らわば皿までだ。

冬原が聡子の背中に軽く腕を回した。

「すみません。どなたか存じませんが、外していただけませんか？　俺たち、四ヶ月ぶりなんです」

ああとかうんとかへどもどした返事があって、遠ざかっていく足音がした。その足音が完全に去ってから、

「ごめん限界！」

聡子は冬原から跳び離れた。

「うわー、そんな露骨に逃げるか」

「だってこれはちょっと、話には聞いてたけど。目に刺さる臭《にお》いって初めて」

「そりゃもう、電車で半径五ｍ以内が無人になるからね。まさかこんな状態で抱きついてくるとは思わなかったよ」

ピンチのときに王子様がかっこよく登場、というところまではものすごくドラマチックだったが、異臭を放つ王子様というところはものすごくドラマチックでない。

ボンにも会社でどんな嫌味を言われるか。

しかし図らずも彼氏の存在証明ができたので、多少の逆風はもうどうでもよかった。

部屋に入って冬原を風呂《ふろ》に直行させ、着てきた服を全部洗濯機に叩き込む。

「あ、聡子の服とは分けて洗わないと臭いが移るよ」

浴室から呑気《のんき》に声をかける冬原は完全に他人事《ひとごと》だ。

「そういうことは早く言って！」

慌てて一緒に放り込んだ自分の着ていた服を洗濯槽から引っ張り出す。

「着替え持ってきた⁉」

「ない。前にジャージ置いて行かなかったっけ？」

「ジャージはあるけど下着がないよ。買ってくるね」

コンビニはマンションのすぐ近所だ。カーディガンを羽織っただけで部屋を出る。要るのは下着だけだがそれだけレジに出すのもちょっと憚られるので、おにぎりやお菓子などを適当に足す。もしかしたら冬原が食べるかもしれない。

籠《かご》に入れて偽装などしてみるが男物の下着を買うのがどうにも恥ずかしく、レジに客がいないときを見計らって会計を済ませた。部屋に戻ると十分少々。

「十分しか経ってないのに何でもう出てるの―⁉」

聡子の声はほとんど悲鳴だ。

「ちゃんと洗った⁉」

「洗ったって。風呂早いんだよ、自衛官は。知ってるだろ」

「だってあんなに臭かったのに！」

「あーもうウルサイ、ほら」

冬原が聡子に頭を寄せる。髪は聡子が使っているシャンプーの匂いがした。一応合格だ。

下着を渡してクローゼットからジャージを出す。

交代して聡子がシャワーを浴び、洗濯を終わらせて一息吐《つ》くと、結局一時間近く経っていた。劇的な再会のはずなのに全然劇的にならない。冬原は冬原で、聡子が偽装で買った食べ物を適当に食い散らかしている。

「明日までには乾くと思うから」

「ありがとね。急に来ちゃってごめん」

交わす会話もものすごく散文的だ。一回現実を処理してしまうと、そこからさて改めてと気分を盛り上げるわけにもいかない。

「横須賀にいたんだよね？」

「あ、知ってたの」

「恵美に聞いたから。大丈夫かどうかメールも送ったんだけど……」

「え、ウソ」

冬原が慌てて携帯を出してメールをチェックする。

「あ、ホントだ来てた。ごめん、横須賀にいるのが分かっちゃってたら連絡すればよかったな。心配しただろ」

これで乗ってる艦も分かっちゃったな、と冬原が苦笑する。

「大丈夫だよ。人に言っちゃいけないの分かってるから」

「うん。信用してる」

そう言われて涙が出た。

「うわっ、だからいきなり泣くのは反則だって！　何、今度は！」

だって。切れ切れにやっと声を絞り出す。

「あたし、ひどいこと言ったのに」

ハルが普通の会社員だったらよかったのに──潜水艦乗りじゃなかったらよかったのに。

そんなことを言ったのにそれでも信用してくれるの。

「ばかだな、まだ気にしてたんだ」

冬原が聡子の頭を軽く撫でた。最後に出て行ったときもこんなふうに撫でた。

「だってあたしのほうからはいつやめてもいいとか、最後にそんなこと言うから」

「あれは最初に約束してただろ。──やっぱりこっちは一方的に待たせるだけだからさ。

それはやっぱり負い目だし。あのときは聡子が待つの辛くなったかと思ったから」

「ハルはどうなの」

聡子が待てなくなったら聡子からはいつでも別れたことにしていいよ。冬原が言うのは聡子の側の都合で聡子のための理屈だ。

「帰ってきて、あたしが待ってなくて平気なの」

冬原がものすごく痛い顔をした。

「あたしがいつ離れてっても平気な程度なの」

「平気なわけないだろ」

怒ったような声で吐き捨てる。

「……さっきの誰」

言われて一瞬分からなかった。どうでもいい存在なので追い返した瞬間に忘れていた。

「……ああ、気になるんだ」

「なるに決まってんだろ。いくら何でもアレに乗り換えられたら傷つくぞ」

「嫌な上司でストーカー予備軍だったかもしれないけど、王子様が退治してくれたから、多分これからは単なる嫌な上司」

冬原が手招きするので、近寄ったら抱きしめられた。よかった、とけっこう素な安堵の溜息。

「聡子が待てなくなったらいつでもやめていいっていうのは、大前提なんだけど。でも、やっぱりできるだけ待ってて。聡子が待っててくんなきゃ嫌だ」

ああ。

何だかちゃんとドラマチックになったじゃないですか。

返事の代わりに冬原の首に腕を回すと、どちらからともなく唇が重なった。

——明けて、いろんな話をした。

聡子のところへ来るときは必ず身綺麗《みぎれい》にしてから来ていた冬原が風呂にも入らずやって来たのは、やはりいろいろときつい状況があったらしい。

冬原は横須賀での話をして、付き合ってから初めて聡子の前で泣いた。ただひたすら声を殺すような泣き方は、こらえようとしている分だけ痛ましかった。

聡子の知っている冬原は器用でソツがなく、人当たりよく見せかけて実は頑なで負けず嫌い、要するに他人に弱みを見せることを嫌う。

多分冬原はこうして今聡子の前で泣いていることさえ不本意で、しかしそれでも聡子のところへ来て泣いたのだ。そして泣きながらまだ声を殺そうとあがく。

それは一体どれほど屈折した弱さの吐露か。こんなふうに屈折して泣かねばならない程、冬原は苦しかったのだ。

それを思うとたまらなくなった。冬原は一番弱い自分を晒《さら》しに来たのに、会社でバカな上司に振り回されるしかない情けない自分は一体冬原の支えになれているだろうか。

休みが明けて帰るとき、

「少しは楽？」

そう訊くと、冬原はお決まりのキスをしてから「おかげさまで」と嗄《か》れた声で囁いた。

週明けには亡くなった艦長の葬送式があるという。

「じゃあまた」

短い挨拶に「待ってる」と答えると、冬原はすごく嬉しそうに笑って部屋を出て行った。

見送ってひどく幸せな気分になった。


週が明けると、聡子のほうには相変わらずの鬱陶しさがデフォルトの日常が待っていた。

しかし、王子様の登場で状況には多少の決着がついていて、ボンはその後二度と聡子の彼氏の話を持ち出さなくなった。それどころか聡子と交わす会話そのものが激減し、その現金さには苦笑するしかない。

外回りの直帰で食事に付き合わされることもぱったりなくなり、たまには以前のようにタグチと飲みに行ったりもできるようになった。

「あのさぁ」

その久しぶりの飲みの席で、タグチが多少言いづらそうに切り出した。

「ボンが、聡子の彼氏は臭いって言いふらしてんだけど」

思わず吹き出す。どんな意趣返しだ。

「確か自衛隊の人だよね？」

「うん。彼って海自の艦乗《ふなの》りだから。航海明けるとすごい汚れて帰ってくるの。たまたまそのときにボンと行き会ったことがあるのよ」

聡子に付きまとって家まで来たことは武士の情けで伏せてやる。

「あ、そうなんだ。じゃあそういうことで話流しとくね」

「うん。すっごい男前でカッコイイってことも付け加えといて」

「うわ、言うなー！」


あたしのクジラ乗りさん、すてきなクジラ乗りさん。

何処《いずこ》と知れぬ海の中、今日はどこまで行ったやら。


でも、待つのは今までほど苦しくないような気がしていた。

Fin.

ロールアウト

＊

それは航空設計士としてK重工に勤める宮田絵里《みやたえり》にとって、初めて遭遇する類《たぐい》のピンチだった。

重工が主契約《プライム》で開発を受注した航空自衛隊の次世代輸送機について、要望をヒアリングしに小牧《こまき》基地を訪れたその日の話である。

二棟ずつ併設されている格納庫の事務所で顔合わせを済ませて、現行機を検分する段になった。

「では二番格納庫へご案内致します」

先頭に立った案内役の隊員は事もなげにそのドアを開け放った。そして年配の幹部たちが当然のようにそのドアを通る。

絵里の上司や先輩も通り、それに続こうとして絵里はぴたりと足を止めた。

――何これ。

固まったまま微動だにしない絵里に、ドアを開けていた隊員は「どうぞ」と促した。

「どうぞって……あの……」

「通路ですから」

通路てあんた！

内心盛大に突っ込んだが、同年代とはいえ襟に三尉の階級章が付いている隊員（しかも顧客）に本当に突っ込むわけにもいかない。いわゆる幹部自衛官の最初の階級で、若くはあっても気の引ける相手だ。

「これ、あの、これは、通路ですか？」

せめてもの悪あがきですがってみるが、

「そうですが何か」

自己紹介で高科《たかしな》と名乗った三尉は事もなげに突っ放した。

そうですが何かって、そうですが何かって――

私のキオクが確かならばこれは通路ではなく男子トイレなんですが！

タイル張りの室内の壁には小用便器《チューリップ》がずらりと並び、その奥には個室がこれまたずらり。突き当たりの壁にもドアがついていて、そちらが隣の格納庫に繋《つな》がっているらしい。

「あの、他の通路は」

「一度外に出て大回りになりますね」

要するに、男子トイレを突っ切るのが一番近いということで通路になってしまっているようだ。

「走れますか」

生真面目な顔で高科はしれっと容赦がない。ここを通りたくなくば走れ、ということだ。確かに幹部も上司も先に行ってしまったし、ペーペーがあまり待たせる訳にもいかない。かといってタイトスカートとパンプスでだだっ広い格納庫を大回りで二棟走り切る自信もなかった。もちろんヒールは低いものを履いてきているが、そもそも走るための靴ではない。渉外用にと気合いを入れたメイクも汗で崩れてしまう。

走れません、と首を横に振ると、高科は「では」と自分が先に通路に足を踏み入れた。掃除のおばちゃんでもあるまいに、まさか「仕事」で男子トイレに足を踏み入れることになろうとは。まだまだうら若いつもりの乙女には酷な仕打ちである。

ああせめて「使用中」でなくてよかった——と感謝するべきか？

前を行く高科は躊躇《ちゅうちょ》する絵里の内心など知らぬ気に振り返る素振りもない。くそ、この冷血鉄仮面め。半ば八つ当たりのように肩幅の広い背中を睨《にら》みつける。

そして、それがこれからのトイレにまつわる長い戦いの序曲であったことを、現時点で絵里が知る由もなかった。

世界規模のシェアを持ち、幅広いニーズをカバーする民間機の設計を建売住宅とすれば、軍用機の設計は注文住宅を請け負うようなものである。用途とユーザーが限定され、特に自衛隊の場合は一機種当たりの生産数も少ないからますます特注品の性質が強くなる。

加えて航空機は頻繁な開発機会が望めない装備である。その新規開発ともなれば、隊員によっては一期一会の巡り会わせで、いきおい要望は多くなろうというものだ。

それにしてもこの要望の不統一は何としたことか。同じ機体を見ながら喋《しゃべ》っているのにあっちとこっちで言っていることがまったく違う。

「居住空間は広く取ってほしいね、要人が乗ることもあるわけだし。ちょっとした会食ができる程度の設備があるとなおいいね」

「任務に関係ない設備は必要ない、あくまで実用重視でやってくれ。会食設備？　要るかそんなもん！　その分積載重量《ペイロード》に回せ！」

と、こうだ。

こういうの、すり合わせてもらわないと困るんだけどな……あちこちから漏れ聞こえてくるちぐはぐな要求に、絵里だけでなくメーカー側の人間はみんな困惑顔になっている。官側の要望を統一してもらわないと仕様が決定できないが、現状では極端な話、尋ねる相手ごとに別仕様が作れる有様だ。

「まだまだ、序の口序の口」

年配の社員が小声で嘯《うそぶ》く。以前も他社で自衛隊機の開発を手がけた経験のあるベテランだ。彼が言うには要望不統一で設計に入ることなどザラで、仕様は作ってみた結果でしかないらしい。

うわキビシー。絵里が大プロジェクトにヒアリングから参加するのは初めてだが、早くも腰が引けてくる。

上司や先輩はそれぞれターゲットにした自衛官からヒアリングを開始している。暗黙の了解で上司はエライ人から順に付いているので、絵里も話を訊《き》ける相手を探した。空いているのは、
うーあー……コイツかぁ。

高科だ。さっきの今なのであまりいい印象がないが、仕事なので仕方がない。

「あの、ご意見伺ってよろしいですか」

正面に向き合うと、制服の胸には航空徽章《きしょう》が着いていた。鷲《わし》に翼の操縦士徽章ではなく、桜に翼の航空士徽章なので、パイロットではなく搭乗員らしい。

この場にいる以上は現行機の従事者だろうし、いろいろ実際的な意見を聞けるはずだ。

絵里は現金に声を弾ませた。

「次世代機への要望をお聞かせください」

「トイレ」

即答だったが一瞬耳を疑う。は？　今なんて仰《おつしや》いましたかあなた。

高科は大真面目な顔で繰り返した。

「トイレをコンパートメント式にしてほしいですね」

「はあ」

現行機の機内トイレは、改修して個室式になった機体のほかは簡易トイレをカーテンで仕切ったものになっている。

確かに乗員にとってはあまりありがたくない設計だろうが、それにしても返答の初《しょ》っ端《ぱな》がトイレとは。悪いが気分の盛り下がりは否めない。

「分かりました、検討します」

言いつつ一応メモを取る。

「他には」

重ねて訊くと今度は通路幅や機材の配置などの話になる。返答は必ず「検討します」。どんな些細《ささい》な案件であっても絶対その場で了承するな、というのは開発現場のお約束だ。絵里のような新米ならなおさらである。

「整備員の話も訊きますか」

自分で思いつく要望は尽きたのか、高科が途中で提案した。無愛想な顔してるけど中々気が利くじゃないの。間違っても口に出せない勝手な論評を内心で下しつつ、絵里は一も二もなく頷《うなず》いた。

各員の聞き取りが一段落し、また最初の事務所に戻る段になる。

ああ、またあそこかなぁ。

絵里の懸念はどんぴしゃで、先導する高科は当たり前のように先程のトイレに向かった。高科の開けたドアから一行が何ら躊躇なく中へ。最後に絵里も浮かない顔で続き、光の速さで顔を真下に伏せる。一番恐れていた事態に遭遇――今度は「使用中」だった。作業服姿の若い隊員が一人、小用便器に向かっている。

待って待って待って！　これで通るの⁉　これはアリなの⁉

思わず腰が引けるが、先を行く男性陣はまったく頓着《とんちゃく》した様子を見せず、使用中の隊員も別段気にした様子はない。

でも私は気にするんですけど！

せめて絵里が通りがかるまでにコトを終わってくれないかと微妙に足を遅くしてみるが、それも後に続いた高科が「どうしましたか」などとご丁寧に声をかけてくださりやがって台無しだ。――ああもう！

半ば目を閉じ、使用中の隊員の後ろを小走りに抜ける。と、急に後ろから肩を摑《つか》まれた。ひゃっと間抜けな悲鳴で目を開けると、焦点が合わないほどの近くに閉まりかけのドアがあった。

肩を摑んだのは高科である。振り返りかけたところで通り過ぎてきた隊員の「しまっている」仕草が見えて慌ててまた前に向き直る。

「何やってんですか」

何やってんですかと言われても。

「すみません、ちょっと目をつぶってたんで」

「何でそんなこと」

それを訊くかキサマ。一瞬殺意が芽生える。

「気をつけてくださいよ」

「……すみません」

無駄なこととは思いつつ「……」の部分に不本意さを籠《こ》めてみる。無論、高科には通用しなかった。

「あの、この部署には女性隊員はいらっしゃらないんですか？」

「いますよ。数は少ないですが」

「女性の方もこの通路を通られるんですか？」

そこまで尋ねて、やっと多少察したらしい。

「女性隊員も普通に通ってますから。あなたも気にせず通ってくれて結構です」

結構です、じゃないいんだってだから！

開発中は頻繁にこの基地へ通うことになる。何とか環境を改善したいところだが、結局こちらの苦境は納得してもらえなかった。

その後、要望を岐阜工場へ持ち帰って会議。

「チャフとフレア付けてほしいってよ、やっと自衛隊もミサイル防御装置を装備しないと撃たれるって分かったらしいや」

「遅ッ！」

現場でひたすらかしこまって御用聞きに徹している分、社内では遠慮のないこき下ろしが続く。

高科から聞き出したトイレに関する要望を出したからだろうか、開発チーム編成で絵里はサニタリー関係の設計チームに入れられた。

＊

各部位を同時進行で設計する航空機の開発は、要するにスペースと重量の取り合いだ。機体の寸法は最初に決定していて動かず、総重量も航空力学的に望ましい範囲は決まっているわけだから、後はその限られた条件を各部でどのように分け合うかという問題になる。寸法、重量が制限されればそれだけ設計条件はシビアになる折から、各チームとも自分の部位の条件確保には必死だ。譲り合い精神などは到底発揮されない。

うちは絶対これだけ要る、うちだって。そっちが譲れよ、いやそっちこそ。

妥協点を見つけるにもできるだけ自分に有利な条件で折り合いたいのはどこのチームも同じだ。

「できるだけ安くお願いするよ」最後にいかにも何気なく付け加えられた要望も、条件の分け合いをよりシビアにする。小型軽量化のコストが嵩《かさ》むのは技術の摂理と言っても過言ではなく、コストを抑えようとすれば寸法・重量とも余裕があるほうが望ましい。

そしてこんなときに割りを食うのは、機体運用に関係のない生活性のユーティリティだ。

「やっぱりトイレのコンパートメントは難しいんじゃない。トイレが軽量化できたら格段にラクになるんだよねえ」

限られた機内スペースで、寸法・重量ともにかさむコンパートメントサニタリーが槍玉《やりだま》に挙がったのはある意味当然。

「簡易トイレにカーテン仕切りだったらものすごく軽くできるしね。その代わりカーテンを芯《しん》入りのアコーディオンにすればいいんじゃない。ペラペラよりはマシでしょ」

無難といえば無難な提案は、サニタリーチームの内部ですら大した反論もなく受け入れられた。

「任務に関係ないものは極力削っていいって話だったしね」

主に運用現場の隊員からの意見である。

「そんなわけだから、宮ちゃん。次の打ち合わせで報告してきてよ」

渉外に女性が混じっているほうが男所帯の自衛隊は与《くみ》しやすいのではないか。そういう理由でサニタリーチームからの自衛隊への進捗《しんちょく》報告は絵里が毎回担当している。

イヤだな。と反射で思ったのは、トイレのコンパートメントを要望した高科の生真面目で融通の利かなさそうな顔を思い出したからかもしれない。

今までは検討中で逃げていたが、いざ「できない」となるとあの男は難物になりそうだ。

そして、その予感は正しかった。

サニタリーの設計案を出した途端、

「再検討を要求します」

やはり高科の声が真っ先に議場に飛んだ。

「トイレのコンパートメント化は乗員たちの第一希望です。最優先で検討して頂きたい」

いくら若手とはいえ幹部が頑《かたく》なになると迫力が違う。空気が硬くなったのが体感できるようだった。その硬い空気に頭が上からギシッと押さえつけられるかのような——思わず俯《うつむ》きそうになるのを絵里は必死でこらえた。

「まぁまぁ高科。女の子相手にそう恐い顔をするな」

高科の上官に当たる二佐が執り成しに入る。その女の子扱いがいたたまれないが、その扱いに逃げ込みたい。

待ってよずるいよ、自衛官が怒ったらこんなに恐いなんて誰も教えてくれなかったじゃない。

「こちらでもいろいろ検討はしたんですが、やはり各部との兼ね合いがありまして……」

必死で声を絞り出すが、語尾がわずかに震えている。恥ずかしい。みっともない。他の出席者には気づかれているだろうか。

「コンパートメントサニタリーが全体の重量とスペースを圧迫することはご理解頂けると思います、こちらとしても最善の検討の結果ですが！」

声の震えをごまかすために強く声を出すと、今度はまるで嚙《か》みついているような調子になる。まずい、やばい、こんなんじゃ逆撫《さかな》でするばっかりだ。

「検討検討ってどんな検討したんだ」

案の定、高科の声も剣呑《けんのん》になった。

「あんたたちには使う人間の顔が見えてるのか。そっちは作って渡せば終わりだろうが、こっちは耐用年数いっぱいまで毎日使うんだ」

何であたしがこんな声の矢面に立ってんの。誰か代わってよ。すがるようにメーカー側に視線を泳がすが、代わってくれる者はない。上司でさえも。勤め人のナチュラルな狡《ずる》さ、というより渉外相手として自衛官は迫力がありすぎるのだ。逃げ腰及び腰はメーカー側の基本姿勢で、誰もこじれかけた矢先の矢面になど立ちたくない。

「使う者の都合を考えるのがあんたたちの仕事だろうが。自分の都合を振りかざすな」

高科の言うことは正論だ、しかし逆らえない正論ほど反発を感じるものもない。

何よ。

何よ、たかがトイレの話じゃないの。大袈裟《おおげさ》なのよあんた。

腹の中で小ばかにする、そうしないと——泣きそうだ。ていうか、そろそろやばい。

限界。何のさらし上げだこれは。

誰か。

助けて、と情けなく思ったとき、

「高科、もうその辺でいいだろう。メーカーさんにもよく伝わっただろうし再度検討してもらうということでどうだ」

さっきの二佐からフォローが入り、その場はそれで終わった。

「先ほどは失礼。しかし、トイレの件はくれぐれもよろしくお願いします」

会議が終わってから高科はわざわざ念を押しに来た。さっきの今なので絵里もまだまだ中っ腹だ。

トイレトイレトイレ、そんなにトイレが一大事か。

反発が素直に頷かせずに食い下がらせた。

「どうしてもコンパートメントじゃないと駄目なんですか？　先ほどご説明したとおり、コンパートメントは重量とスペースに問題があるんですが。そうでなくとも予算がタイトですし」

防衛省のしわい予算もあてこすってみる。そっちがシブチンだからこっちが苦労してるんだ。

「それとこれとは話が違います。国費の節約は省の義務です。国から開発を請け負う以上、メーカー側もその自覚は持って然《しか》るべきでしょう」

また逆らえない正論。何て気に障る。

「でも、任務に関係ない設備は極力削っていいというご意見もあるんですけど」

言った瞬間、高科の眉根《まゆね》がまた険しくなった。

「任務に関係ないと仰いましたか」

地雷を踏んだ気配に一瞬怯《ひる》むが、もう引っ込みなどつかない。ここですみませんなんて言えない、言いたくない。

「直接には関係ないかと思いますが」

「だからあんたたちの開発は独り善がりだと言うんだ」

今度は高科が地雷を踏んだ。しかも分からず踏んだ絵里とは違い、狙って踏んでいる。畜生、自分の立場が上だと思って。

「あんたたちは会社で用を足さずに業務ができるのか」

返す言葉に詰まる。ものすごく正しいところを突かれた。言い返せない。高科が正しい。始業から終業までトイレを我慢なんて絶対無理だ。

人間が業務に就く以上、生理現象は切り離せない問題だ。だとすれば、トイレを任務に関係ないと切り捨てるのは、任務に従事するのが人間だということを無視していることになる。

使う人間の顔が見えてるのか。自分の都合を振りかざすな。さっき言われた言葉がもう一度立ち上がって責める。——確かに独り善がりと言われても仕方ない。

「でも」

それでも制約は絶対にあるのだ。寸法、重量、バランスに安全規格。コンパートメント式のトイレを採用したら、機内のすべての部位がまた設計変更だ。すり合わせにはとても時間がかかった、それをまた最初から。

ちょっとくらい作る側の苦労も考えてくれたらどうなの。

高科が険のある溜息《ためいき》を吐《つ》いた。すでに帰り支度を始めていた絵里の上司に向かって声をかける。

「すみません。すぐに終わりますので、宮田さんをお借りします」

言いつつ高科は強引に絵里の手首を摑んで歩き出した。

当たり前のように男子トイレの通路を抜けて、高科は隣の格納庫に絵里を連れていった。その中のある輸送機に歩み寄る。年季の入ったC—1、重工が三十年前に開発した機体だ。

高科に続いてタラップを上がると、機内設計が一番古い機体だった。コクピットルームの近くにカーテンで間仕切りされたトイレが申し訳なさそうに配置してある。

「こいつも次世代機がロールアウトするまでまだまだ現役だ。俺たちは毎日これを使ってるんだ」

言いつつ高科はトイレのカーテンを開けた。

「入って」

え、何。躊躇した絵里の肩を高科が有無を言わさず押す。

「入れと言ってるんだ」

トイレの中に押し込まれ、カーテンは外から閉められた。

「あんた、今そこでパンツ下ろせるか」

何なのこれは新手のセクハラ!? 動揺のあまり声すら出ない。何、従うべきなの。命令なの。

驚くことないだろう、と高科が皮肉な口調を投げた。カーテンの中で絵里が息を飲んだ音が聞こえたらしい。そんなわずかな息さえ届くのだ。

「乗務員区画とトイレの仕切りがカーテン一枚。すぐそこに同乗者がいてもちろん気配は筒抜け。あんたたち《メーカー》がこういう環境で用を足すように設計したんだ。乗員は毎日この環境に従ってる」

痛い。事実をただそのままに突きつける高科の声が痛い。

「こういう便所を作ったあんたたちがこの便所を使えないのは嘘だろう。そこでパンツを下ろしてケツ出して気張れるつもりで作ったんだろう」

ごめんなさい無理です使えません。アウトドアでもないのにこんな厳しいトイレ、見たことない。

突然、鞄《かばん》の中で携帯の着信が鳴った。

「どうぞ」

高科に外から言われて、絵里は携帯に出た。上司だ。

『宮田君、今どこ？　用事、どれくらいで終わりそう？』

「え、あの。今、隣の格納庫で……」

文字通りの雪隠詰めになってます。などとはとても言えない。

すぐ戻ります、とか勝手に言ってもいいのだろうか。

と、カーテンが外から引き開けられた。高科が携帯を寄越せと合図する。思考は完全に停止していて、促されるまま携帯を渡した。

「高科です。すみません、今からお返ししますので」

そう言う高科の声を聞きながら、ああこのトイレ使わなくていいんだとほっとした。

「荒療治ですみませんでしたが、隊員の現状を理解して頂けると幸いです」

とってつけたように敬語に戻った高科がまた例の通路に歩き出し、中に入ってから絵里はあっと声を上げた。

「すみません、携帯が……」

いつも携帯を入れている鞄の外ポケットから見慣れたストラップが覗《のぞ》いていなかった。どうやら途中で落としたらしい。格納庫は整備の音がうるさく落ちた音に気づけなかったようだ。

「捜してきましょう。先に戻ってください」

「いえあの、自分で行きます」

「いいですから。すぐ追いかけます」

やや強引に高科が引き受けたのはどうやら荒療治に多少は気が咎《とが》めているらしく、詫《わ》びのつもりのようだった。

どっちかというとこの通路で一人残されるほうがイヤなんですが、とは訴える暇もなく高科が通路を出て行ってしまう。

早く通り抜けてしまおうと小走りになると、行く手のドアのすりガラスに人影が差した。どうしてもここを通路と思えない絵里には、男子トイレに入り込んでいる後ろめたさと恥ずかしさしか感じられず、とっさに手近の個室に逃げ込んでしまった。

鍵《かぎ》を下ろしてからしまったと焦る。却《かえ》って自分を追い込んだ。何食わぬ顔ですれ違っておけばよかったのだということは、冷静になると分かる。

どうしよう、隣の個室に入られたら——男性の場合、個室の用途はたった一つだ。音姫なんて気の利いたものは付いていないし、いきむ息から音から全部筒抜けだ。

幸い足音は小用便器のほうで止まったが、距離が近いせいか「引っ張り出す」衣擦《きぬず》れや何かの音が絵里の立てこもった個室までかなり鮮明に聞こえる。そして、
わぁ、音が！

陶器の便器を激しく叩《たた》く水音が——ってそれはもちろん水の音ではなく、
わぁ聞きたくない！　この世で最も聞きたくない！　個室の中で懸命に耳を塞《ふさ》ぐ。

ややあって、塞いだ耳に聞こえるほど激しくドアの開く音がした。誰か駆け込んでくる。

「よう！」

先客と挨拶《あいさつ》が交わされる。どうやらまた「使用者」らしい。立ち話が始まってしまい、出る機会を完全に逸した。ここで出て行ったら男子便所に潜んで盗み聞きをしていた変態みたいだ。

幸い個室が一つ塞がっているのには気づかれていないようなので、ますます息を潜める。

お願い、早く出てって！

ここ一番の引きが弱い絵里の祈りはまるで通じず、隊員たちの会話は用を足し終えてもまったく終わる気配を見せない。籠もっているにも限度がある。

五分が過ぎたところで観念した。

今まで息を潜めていた手前いきなり出て行くのはいかにも気まずいが、隠れていた体裁にするのと「用」があって籠もっていた体裁にするのとどっちがマシだろう。

高科の例からして、男子トイレが通路であることに対する感覚の鈍さは男性隊員に共通するものと思われ、隠れてしまった絵里のキモチを理解してもらえるとは到底思えない。どうせ恥をかくなら理由を察してもらえるほうが幾分マシか。絵里は用を足していないトイレの水を無意味に流した。

水音で存在を気づかせ、個室から出る。手洗いのそばで立ち話をしていた隊員たちが、ぽかんとして絵里を見た。聞き取りなどで何度か見かけた覚えがある整備員だ。向こうも絵里の顔は覚えている気配である。

「……えっと、そこ使ってたの？」

選択間違えたかも。絵里は肩身の縮む思いで曖昧《あいまい》に頷いた。使っていた体裁にした以上、今さら違いますとは言えない。

「あの、男女共用だと思ったので」

隊員二人が悪気のない笑い声を上げる。

「高科三尉教えてやってないのかよ、ひってえなぁ」

「女子トイレ、逆の壁際にあるから。次からそっち使うといいよ」

本当は知ってるけど。知ってるけど。この人たちが後で高科三尉に「教えてあげなきゃ駄目じゃないですか」とか話振ったらどうしよう、本当は教えてもらってたってばれたらどうしよう、女子トイレの場所知ってるのに男子トイレ使ってたと思われたらどうしよう、おかしな女だと思われるのもイヤだけど男子トイレに飛び込むほど「切羽詰まってた」と思われるのもイヤ。

でも高科に口裏合わせを頼めるほど親しくないし、口裏を合わせてほしいキモチを理解してもらえるとも思えない。

「はい、次から気をつけます」

半ば逃げ出すように出口に向かうと、

「あ、ちょっと！」呼び止められて「手、洗わないの？」——痛恨の一撃。

顔が火で炙《あぶ》られたように熱い。爆発しそうだ。用も足していないのに無意味に手を洗い、その間に隊員たちは外へ出た。

ハンカチを出そうとバッグを探ると、一瞬の間に脇の下がぐっしょり汗をかいていた。

外へ出たところの壁際で高科を待つ。張り紙が目に入って失笑。

『セクハラ禁止週間』

――は！　よりにもよってあんたたちがそれを言うか！

程なく高科が戻ってきた。その生真面目な顔を見た途端、何だか訳の分からない感情が沸騰した。

こらえる暇《いとま》もなく涙がこぼれた。高科のぎょっとした顔を視界の端に一瞬捉《とら》えながら、ほかにどうしようもなく顔を伏せる。

「――どうしましたか」

どうしたもクソもないってのよ便所だけに！

「あんたにだけは」

聞き取るために腰を屈《かが》めた高科を睨むように顔を上げる。

「あんたにだけは、トイレのことで独り善がりとか言われたくない！　女性に男子トイレを通らせて平気なくせに！　セクハラ禁止週間とか笑わせないでよ、これがセクハラじゃなくて何なのよ！　そもそもオシッコしてる後ろを通られても平然としてる奴らがトイレのプライバシーがどうこうってちゃんちゃらおかしいのよ！」

一息にまくし立て、一転訪れた沈黙で凍りついた。しまった顧客だ。思わず口元を両手で押さえるが、放った言葉は取り戻せない。

どうしよう。高科を窺《うかが》うと、初めて見るような困惑した顔をしていた。怒ってはいない？　ならチャンスだ。

「失言申し訳ありませんでしたッ！」

腰から折るように頭を下げて、後ろも見ずに遁走《とんそう》。

携帯を返してもらうのを忘れたことは、帰りの新幹線の中まで気づかなかった。

翌日からいきなり困った。携帯どうしよう。

こちらから送り返してもらうなり何なりの連絡をつけなければならないことは分かっているが、昨日の自分の暴言を思い返すと高科に連絡を取る勇気はなかなか出ない。

仕事は一度設計室に入ると詰めっぱなしなので困らないが、友人の電話番号は全部携帯の中だ。実家住まいなので連絡が完全に断たれるわけではないが、それにしても家でしか連絡がつかないのは不便で仕方がない。

上司は何も言ってこないので、高科は別れ際の一件は漏らしていないようだった。それはありがたいが、

あれだけ噛みついた昨日の今日で、一体どうやってコンタクトを取ればいい？　昨日は申し訳ありませんでしたお手数ですが携帯を送り返してください——なんて一体どのツラ下げて。

だが、今日中には何としても連絡しなくては。このうえずるずる預けっぱなしで迷惑をかけるわけにはいかない。

悶々《もんもん》として昼休みを過ぎた頃、班長がにやにや笑いながらサニタリーチームの設計室にやってきた。

「宮ちゃんいるぅ？」

オジサン独特の微妙な距離感のなさは、日頃なら苦笑混じりで許せる範囲だがこちらのテンションが下がっているときはちょっとうざい。

「何でしょうか」

わずかに険を含んだ声にも班長は気づかない様子で上機嫌だ。

「オレいいもの持ってるんだけど何だと思う？」

「また食玩《しょくがん》ですか」

班長が見せびらかしにくるのは食玩フィギュアかガチャポンと相場が決まっている。

「違うんだなぁ、これが」

いつもなら笑って許せる勿体《もったい》のつけ方が鬱陶《うっとう》しい。ごめん今あんたのおふざけとか心の底からどうでもいい。

「これなーんだ」

「あっ……！」

反射で声が出た。班長がもったいぶって出したのは昨日高科のところに忘れてきたはずの絵里の携帯だった。

「これどうしてっ……」

半ば引ったくるように受け取る。

「どうやって返ってきたと思う？」

「分かりません教えてください」

会話の遊びをぶった切った絵里に班長はちょっと不満気だったが、一応すんなり答えた。

「今日、小牧から定期点検で入ったC－1に積まれてた。昨日忘れてきたんだって？」

部屋中のスタッフが爆笑した。

「すごいな宮田さん！　空自に携帯空輸させるかー！」

「宮田特別輸送便だな！」

周囲は笑うが、絵里は笑うどころではない。

「あの、高科さんは何て」

「そうそう、高科さんからの託《ことづ》けだってよ。謝ってた」

謝ってたって。何で。謝るならあたしだ。

「帰り際に慌ただしくさせて携帯忘れさせたって。何を付き合わされたの、結局」

「え、あの……現行機のトイレ見せられてました」

雪隠詰めの件はさすがに言えないが、嘘ではないラインを答える。

「こだわるねえ、高科さんはー！」

また周囲で爆笑が沸く。でも笑い事じゃない。

「実際見せて頂くと、やっぱり使いづらい感じはしました」

ここでパンツ下ろしてケツ出して気張れるか。——無理。

あたしが使えないもの、使えなんて言えない。

「コンパートメント式を希望する気持ちは分かります」

「でも、やっぱり重量がねぇ。あとバランス。サニタリーだけの問題じゃなくて、全体がやり直しになるから」

でもまだ設計初期段階じゃない。今ならやり直しが利くじゃない。どうしてその手間を惜しむの。

あたしたちが作ってるのは一体何だ。あの人たちのほしい飛行機か、あたしたちが作りやすい飛行機か。

「サニタリーの件は上層部でもちょっと検討したんだけどね」

班長が仕事の声になった。

「官の上のほうに掛け合って、コンパートメントサニタリーを希望から外してもらおうかって。希望してるのは尉官以下が多いらしいから、上の階級から抑えてもらえば……」

駄目よそんなの！　思わず叫びそうになるが、ほかのスタッフたちは快哉《かいさい》の声を上げる。何とかしなくちゃ。でもどうやって？　コンパートメントは面倒くさい、あたしだって昨日までそう思ってた。その流れをどうやったら変えられる。

「あ、宮ちゃん。高科さんにお礼の電話しときなさいよ」

班長の言葉にふと閃《ひらめ》く。

「そうですね、じゃあ行ってきます」

そそくさと席を立ち、オフィスの外へ。外線電話使っていいよ、という声は幸いにして掛からなかった。

小牧基地の外線番号から高科を呼び出してもらう。たまに飛行中でいないときがあるが、このときは捕まった。

『お待たせしました、高科です』

相変わらずの生真面目そうな声。しかし、この融通の利かなさそうな声が昨日の一件を絵里に不利じゃないように言い繕ってくれたのだ。

「お世話になります、K重工の宮田です」

気まずさはまだ拭《ぬぐ》えない。でも理由があるのでてきぱき話せる。

「携帯電話、ありがとうございました。昨日は申し訳ありません」

『いえ、こちらこそ……』

微妙に気まずい気配が高科の声にも見えた。

『昨日は……自分がいない間に何かありましたか』

そうか、あたしが泣いたの気にしてるんだ。なんだ、少しは人間らしいところもあるんじゃない。初めて見せたそのシッポが今の絵里にはありがたい。

「あると言えばありましたけど、きっと高科さんには理解できないと思います」

高科の返事はない。デジタル化された無音の時間にやや鼻白んだ気配を感じるのは気のせいだろうか。

「あの、理解できないから悪いって言ってるんじゃないんです。だって私たち、自衛隊と民間で、そのうえ男と女だし。ただでさえトイレのことなんて男女で突き詰めて話したいようなことじゃないし」

恋愛関係だって友人関係だってもちろん仕事関係だって、排泄《はいせつ》の話なんか好きこのんで表に引っ張り出したくない。食べて出すのは自然の摂理だけど、そんなことにはフタしてキレイに付き合ってたい。

「でも私たち、トイレ作ってるんだからそれじゃ済みませんよね。排泄なんてデリケートなこと、お互い拠《よ》って立ってる常識が違うのに踏み込まずに察してほしいなんて無理ですよね。——私たち、もっとお互いの立ち位置を理解する必要があると思いませんか」

『──そうですね』

高科の声がいつもより少し柔らかい。

「一度、二人でゆっくりお会いしたいんですけど。できるだけ早く」

早くしないと重工からの根回しが始まってしまう。

『分かりました』

「わがままついでにもう一つお願いなんですが、そちらから呼び出す形にして頂けませんか。私を指名で」

絵里からは出頭する理由を作れない。

高科は絵里の急《せ》かし方を訝《いぶか》しく思ったはずだが、何も訊かずに承諾してくれた。


高科の指定は週明けだった。班長が案じて同行を申し出てくれるが、何とかごまかして一人で出頭する。

雰囲気を和らげる配慮か、高科は会議室ではなくPXの喫茶室へ絵里を伴った。

飲み物の注文を取った店員が立ち去った間合いで、

「すみませんでした」

頭を下げたのは二人同時だった。そのかち合い方がおかしくて絵里が思わず吹き出すと、高科も小さく笑った。

ああ——この人の笑った顔って初めてかもしれない。笑うとけっこう悪くない。いつも生真面目な恐い顔しか見たことがなかった。

「……先日、泣かれたのは何か」

言いづらそうに高科が切り出すが、それを説明するのはけっこう難しい。

「男子トイレの中を通るのがイヤだという気持ちは分かって頂けますか」

高科の表情はやはり要領を得ない。

「例えばあの男子トイレがもうトイレとしては使われていないんなら普通に通れると思います。でも、実際にトイレとして使われてますよね。使用中の後ろを通ることもありますよね。それって、女の立場からするとかなりイヤなものなんです。露出狂に遭遇するのとおっつかっつっていうか」

「露出狂……ですか」

高科は多少ショックを受けた様子だ。

「しかし、うちの女性隊員は普通に通っていますが」

「それだって最初から違和感がなかったわけではないと思います。少なくとも、自衛隊に入る前の彼女たちが躊躇なく男子トイレの通路を使えたということはないはずです。それに、ここでは普通に『使用中』の後ろを通れるようになったとしても、たとえば道端で、その……」

できるだけフラットに話そうとするものの、さすがに男性と差し向かいでその単語を口にするのは抵抗がある。

「……立ちション、とかしてる男の人を見かけたら、それはやっぱり目を逸《そ》らすし嫌悪感を抱くと思います。男性がオシッコしてる後ろを平気で通れる若い女性なんていません」

よし言った！　えらいあたしすごいあたし、もう躊躇するものなんかない。

「言ってしまえば、基地の中だけのこととは言え『使用中』の後ろを平気で通れる状態にさせられてしまったこと自体が組織的セクハラとも言えるわけで。例えば、どこかよそで通路だから女子トイレを通れって言われたら、高科さん困るでしょう？」

自分ではいい喩《たと》えだと思ったのだが、高科は頷かなかった。

「女子トイレの場合は全部個室ですから『使用中』の姿が目に入るわけではないですし、通路として使うことが『使用者』側にも周知されている前提なら、それほどの抵抗は感じませんね」

あれえ。じゃあ同列の出来事って何だ。

「じゃあ、女風呂《ぶろ》とか……」

いや違うな、と自分で気づいたが、

「女風呂を通っていいならむしろ大喜びでしょう」

あんたも真面目に何言ってんの。その生真面目な顔につい訊いてしまう。

「高科さんも嬉《うれ》しいですか」

「それはまぁ……」

答えかけた高科がはたと気づいたように恐い顔になる。

「何を言わせるんですか、セクハラじゃないんですかそれは」

「そうですね、ごめんなさい」

素直に頭を下げて、しかし困った。男子トイレを通るのがイヤだ、それと同列の喩えが見つからない。

だとすれば、何故イヤなのかを率直に話してみる――か？

「……例えばこの前は」

この前、という代名詞に高科が神妙な顔になる。高科にとっても絵里を「泣かせた」件は弱みになっているらしい。実際は絵里が勝手に泣いてしまったのだが、女の涙はやはり得らしいのでこちらも神妙な顔で利用させてもらう。

「男子トイレで一人で残されちゃって、困ったんですよ。高科さんは親切で携帯を探しに戻ってくださったわけですけど、私にしてみたら一人で置いていかれるほうが困るんです。高科さんは通路に置いて行ったつもりでも、私は男子トイレに一人置いて行かれたわけで。いくら通路だって言われても私には男子トイレとしか思えないから、私一人だったら絶対あの『通路』は通らないし、通れない」

一人で移動することは滅多にないが、一人で格納庫を往来するときは大回りでも必ず外を回る。急いて走って汗をかこうが化粧が崩れようが、そうするより他に仕方がない。

「高科さんが行った後、男子トイレに入ってきた隊員さんがいて。とっさに隠れちゃったんです、個室に。でも隊員さんが使うの長引いて、結局出て行かなきゃどうにもならなくなって……一回隠れちゃったら、ただ個室に潜んでたってヘンでしょう？　嘘でもトイレ使ってた体裁にしないとどうしようもなくなって、使ってもないのに水流して、使ってたみたいにして出て。そしたら『男子トイレ使ったの⁉』って笑われちゃって」

炙《あぶ》られるような顔の火照りが俄《にわか》に蘇《よみがえ》る。

「……すごく恥ずかしくて。おまけにホントは使ってなかったもんだから手を洗うふりをするのを忘れて、『手、洗わないの』とか。恥の上塗り。男子トイレを使ったあげく手を洗わない女って、もうサイテーですよね。一体どんな女だと思われたんだろうって、何かすごく情けなくてみじめで」

あ、やばい。ぶり返しそう。絵里はごまかすように大きく頭を下げた。

「だからあれは逆ギレなんです。ごめんなさい。メーカーのくせにユーザーの方にあんなふうに八つ当たりして、なってなかったです。申し訳ありません」

「いえ、こちらこそ……」

高科のほうも頭を下げる。

「それほど苦痛なことを強いているとは正直思っていませんでした。申し訳ない。あなたに苦痛を強いて自分の苦痛を主張するのは厚顔でした」

「いえ、こっちも設計が独り善がりというのはご指摘の通りで」

相手を顧みず我が我がだったのはお互いさまで、そこは真っ向腹を割るとお互い痛い。お互い恐縮しながら、途中でまた顔を見合わせて笑う。――同病相憐《あいあわ》れむ、という奴だ。

どうやら和解が成立したところで飲み物が来て、空気は一度リセットされた。

注文した紅茶は、一番安いリプトンお徳用そのままの味だった。自衛隊の喫茶室だからこんなものだ。

「ここから先は純粋に疑問なんですけど。カーテン式のトイレを使えって迫られたら私は確かに使えないんですけど、隊員の方もそこまでイヤなものでしょうか。オシッコしてる後ろを人が通ってても平気なのに、飛行機のトイレは個室じゃないとイヤって矛盾してるような気がするんですが」

絵里は既に個室トイレを主張するべく戦うつもりでいるが、その矛盾を突かれたら反論できない。

だが、高科の回答は明快だった。

「そもそも矛盾していないんですよ」

矛盾していない——とは？

「あなたは小用中に人が出入りして平気なことを自衛官に独特のメンタリティだと思っておられるようですが、それは違います。男は誰でも小用中に人の出入りがあること自体は平気なんです」

「……それってどういう……」

「男性用の小用便器って個室になってないでしょう」

ああ、そう言えば。

「小用は人目があることが前提——と言うと変ですが、他人と並んで小便をするのが普通だし掃除のおばちゃんが入ってきても平気で続行します。男は小便に関してプライバシー意識が低いんです。しかし、大便も同じかといえばそれは違います。大便の用を足すのを見られて平気な男はいません」

「ああ——つまり、小用と大用でメンタリティが違うんですね」

「そういうことです。機内ではやはり、大便の用も足しますので。カーテンでは消臭剤を使ったとしてもやはり臭いが外へ漏れますし。それに男は女性よりも腹を下しやすい傾向がありますから」

なるほど、納得。だとすれば設計スタッフにその矛盾を突かれる心配はない。

絵里はカップを置いて居住まいを正した。

「私は個室トイレを支持したいと思いますし、他のスタッフにも理解を促すように頑張りたいと思います」

高科はしばらく黙って絵里を見つめ、それから口を開いた。

「私のほうは何をするべきでしょうか」

いい察しだ。最初の印象悪かったけど、この人けっこうイイ男だわ。

「官の要望を統一してください。官の要望が揺らいでいたら戦えません」

空自上層部に働きかけて個室トイレの要望を押さえようとしている動きが重工側にある、とはさすがに言えない。

だが高科は詳しい事情を訊こうとはせず、「分かりました」と一言だけで頷いた。

帰りがけ、門まで送ってくれた高科に絵里は改めて頭を下げた。

「ありがとうございました」

高科は怪訝《けげん》な顔で、何のことを言われているか分からない様子だ。「荒療治」と答えを明かすと反射で痛い顔をした。

でも皮肉じゃない。

「あれがなかったら私、ユーザーに設計を押しつけることに疑問を持たなかったと思うんです。だから、ありがとうございました」

皮肉じゃないのは通じたようだが、高科はやはり痛い顔のままだった。

それからは毎日戦いだった。個室トイレを支持しているのは絵里だけという状況で、陰に日向《ひなた》に社内の風当たりはかなり強い。

「現用のC—1が三十年以上使われてるんですよ。次世代機が納入されたら、それも同じかそれ以上の年数使われるでしょう。ユーザーに三十年間、不満のある飛行機を使わせるんですか」

「私たちは納入してしまえばそれで逃げ切りです。でもその後をずっと運用していくのはユーザーなんです。作る側の都合と使う側の都合は、譲歩できる限り作る側が譲歩すべきです」

「私たちは何を作ってるんですか？　ユーザーの望む飛行機ですか、私たちが作りやすい飛行機ですか」

「エンドユーザーに愛されない飛行機なんか何の意味があるんですか」

自分でも青臭い理屈だと思うし、実際青臭いと思われている。

それは理想だよ。誰もかれもがそれで蓋《ふた》をしようとする。蓋をさせまいと抗《あらが》う絵里は、既に社内でかなりうざがられている。

＊

他人にうざいと思われるのは、かなりきつい。

それでも、高科はあれから男子トイレの通路を使おうとしない。「やはり部外の女性にここを通らせるのは問題があると思いますので」遠回りだと不満たらたらの男性陣を尻目《しりめ》に、頑なに格納庫の外を回る。

「他の皆さんは通路から行ってくださって結構です」そう言いながら、必ず自分は絵里と一緒に遠回りのほうを歩いていく。何しろ自衛隊幹部が歩くのだから絵里も待たせる人々を気にして走らなくて済む。

高科がそうしてくれているのだから、自分も高科のために戦わないと嘘だ。

「大丈夫ですか」

もう何度目か分からない進捗のときに、二人で遠回りをしながら高科が訊いた。

「かなり風当たりがきついんじゃないですか」

打ち合わせのときの絵里とスタッフの微妙な温度差に気づいたらしい。

絵里は笑った。

「大丈夫ですよ。高科さんも頑張ってくださってるし」

官の上層部でも個室トイレについては意見が割れていて、個室トイレを支持する意見が増えたのは高科の働きかけだ。

「大丈夫です、一人じゃないから」

味方が身内にいないのはちょっときついけど。

官側にいる味方は難しい顔をした。

「大丈夫と連呼する人ほど大丈夫じゃない」

やばい。——気遣われると折れる。

慌てて俯くともう視界がにじんだ。ハンカチは高科から差し出された。ピシッとのりの利いた真っ白の。

受け取ろうとして人の気配を感じた。振り向くと、重工の社員たちが通りがかるところだった。他チームのスタッフたちだ。

泣いている絵里と寄り添っている高科。他人から見ればそれなりにただならぬ雰囲気に見える、それくらいの客観は残っている。

反射でまずいと思った。表情が強《こわ》ばる。ハンカチを受け取ろうとした手も。——後から考えるとそれが一番まずかったかもしれない。

スタッフたちはその場で言葉に出しては何も言わなかった。

ただし、絵里に事情を訊くことも気遣う声をかけることもせず立ち去った。

風当たりはますますきつくなった。

説明する機会を失した事情は、重工に不利な主張をしている絵里への揶揄《やゆ》を自然に含み、興味本位な脚色で社内を回った。

コンパートメントサニタリーを主張すると、必ず誰かが冗談めかして——だがその裏側には冗談で相殺しきれない皮肉を籠めて——からかう声を投げる。

「宮田さんが個室トイレを支持する理由はよく分かるけどね」

高科のことを揶揄されていることに気づかない振りをするのは難しい。そのくせこちらから切り込んでもはぐらかされるばかりで言い訳もさせてもらえない。

いいよいいよ、分かってるから。——一体何が分かってるって？　好きな男に点数稼ぎたいんだろ、といっそ言ってくれたら。そうしたら、勘ぐられるようなことは何もないと言えるのに。

基地での進捗のとき、高科はやはり格納庫の行き来のたびに絵里に付き添って大回りをする。スタッフのやっぱりねと言わんばかりの表情が痛い。

「一人で行けますから」

断ってみるものの、高科にしてみれば唐突な話で怪訝に思うのが当然だ。

「どうかしましたか」

訊かれても答えることなどできない。あなたとの仲を勘ぐられて立場が厳しいんです、なんて。ただ一人の味方に会えることは以前は安らぎだったのに、今では後ろ暗さばかりが前に出る。

「宮田さん、ごゆっくり」

明らかに揶揄を含んだ声が重工の社員から投げられ、高科が体ごとそちらを振り向いた。揶揄した社員はそ知らぬ顔で周囲に混じり、周囲も混じらせる。

そして絵里は、

「一人で行きます」

宣言するように言い捨てて足早に歩き出した。タイトスカートの裾《すそ》が突っ張るくらいの大股《おおまた》で。もしかしたら裾の縫い目が緩んだかもしれない。

お願いです今追いかけてこないでください今あなたに顔を見られたくない。

後ろ暗いのは後ろ暗さが自分の中にあるからだ。皆さん何バカなこと言ってんですかとしれっとしていられないのは自分のキモチが後ろ暗いからだ。

高科の前で飛んだ皮肉が痛くて初めて気づかされた。勘ぐられるような事実は何もないけど、勘ぐられるキモチならある。勘ぐられることで高科と気まずくなりたくない。

キモチの図星を突かれた痛い顔を見られたくない。こんなことで気づかれたくもない。だってあんまりみじめじゃない。

あなたを意識してることが私の立場を悪くしてますなんて。

懸命に硬くした肩の線が功を奏したのか、高科は絵里を追いかけては来なかった。後で見るとスカートは脇の縫い目がほつれていた。

*

それから数日後、K重工に隣接している岐阜基地に小牧から輸送機が入ることになった。手配したのは高科で、搭乗して一緒に来るという。

定期点検の予定もないのに何をしに来るのかと思ったら、管理職とサニタリーチームに召集がかかった。個室トイレ攻防の官側急先鋒《きゅうせんぽう》である高科の召集に、チームの面々は目に見えて浮き足立った。管理職も同様だ。

指定の時間にぞろぞろ歩いて岐阜基地に向かう。高科は格納庫に駐機した輸送機の前で待っていた。

「本日は我々の現状をメーカー側にご説明したく、輸送機を回しました」

絵里は思わず高科を見つめた。――あれ、やるんだ。

機内にメーカー側の人間が搭乗する。内装はやはりもっとも古い、カーテン式のトイレが居座っている機体だった。

「これが我々の使っているトイレです。カーテンから乗員区画の距離は約六十五センチ、ご確認ください」

いやぁこれは確かに狭いですな。管理職がお追従のように話を合わす。――それで話が済むと思うなよ。

何だか楽しくなってきて、絵里は頬が緩むのを懸命にこらえた。ククッと喉《のど》の奥が鳴る。

「今から皆さんにこのトイレで大便の用を足して頂きます」

「は⁉」

全員が目を剝《む》いた。――絵里以外。

高科の顔は生真面目なままで小揺るぎもせず、彼の生真面目な顔はこうして見ると天下一品だ。およそ冗談が通用しそうにない。

「宮田さん以外は皆さん、カーテン式を支持しておられる。だったら使えるはずでしょう。このトイレは三十年前の重工が我々に使えと卸したものだし、我々は三十年これを使ってきました。我々にこのトイレを提案し、これに毛が生えた程度のカーテン式を再び我々に卸そうとしている皆さんがこのトイレを使えないのは嘘でしょう」

スタッフたちの顔が自然と下がる。気持ちは分かる。高科と目が合って指名でもされたらと思うと目を上げられないのだ。

「輸送機のコクピット定員が五名、使用環境を合わせるために皆さんの人数もそれで割りましょう。さて、どなたから」

誰も手など挙げられない。

「皆さんが全員このトイレを使えるなら、我々もカーテン式を支持します。自分で使えもしないものを押し付けられているわけではないと納得できますからね」

えぐる正論の痛さも相変わらずだ。これが味方だと何て心強いんだろう。

「——ああ、女性にこの環境で大便をしろというのは酷ですから、宮田さんに限り小用で可とします」

どうしよう、吹きそう。絵里は深く俯いた。が、それが周囲にはプレッシャーに負けたものと映ったらしい。気遣うような気配が湧く。

「いやしかし、女性にそれはあんまりじゃないですか」

管理職の一人が執り成す。執り成すように見せかけて、絵里を逃げ場にしていることは分かりやすすぎる。

バーカそんなの、——高科に通用すると思うなよ！　やっちゃえ！

「小用で可ということで既に相当の譲歩ですが？　空白に女性隊員がいないとでもお思いですか。航空業務に就く女性隊員は年々増加しています。『それはあんまり』なトイレをうちの女性隊員に使えと仰いますか？」

早くもメーカー側が言質《げんち》を取られた。

「まずは使ってみないと検討のしようもないでしょう。最高責任者はどなたになります？　どうぞ入ってみてください。便が出ないなら下剤も用意させましょう」

設計部長がぎくりと肩を硬くした。全員の視線を受けて、何十秒黙っただろうか。ついに声を絞り出す。

「――分かりました。女性の使用は盲点でした。トイレは個室式で検討しましょう」

「ご理解頂けて光栄です」

高科の求めた握手に設計部長は苦笑いで応じた。全員が苦笑で収めるしかない、そんな高科の攻撃だった。

門のところまで来てから、絵里はあっと声を上げた。

「携帯忘れてきちゃった」

ちょっとわざとらしいか？　しかし周囲の誰も怪訝な様子はない。

「またかよ宮ちゃん！」

高科のプレッシャーから解放された直後だったためか、気の抜けたような笑い声が一斉に上がる。久しぶりに屈託のない雰囲気だった。みんな調子いい、とは思うがわだかまりがなくなるのならそれは嬉しい。好き好んでトゲの中に座っていたくはない。

「すみません、取ってくるので先に戻ってください」

「駆け足！　また宮田便を出してもらう羽目になるぞ」

「はぁい！」

小走りに営内を格納庫まで戻り、輸送機に向かう。忘れ物です、と近くの整備員に声をかけてタラップを上がり、機内を覗くと——

高科が座席に腰掛けて手にした絵里の携帯を見つめていた。追いかけてこなかったから、絵里が置いていったことは分かっているのだろう。

絵里に気づいて目を上げる。

「どうぞ」

やはり当たり前のように返す。受け取りながら、ずっとこらえていた高揚の堰《せき》が切れた。

「高科さん、すっごくかっこよかった——気持ちよかった！　やりましたね、すごい！」

高科の手を取りぶんぶん振り回す。「携帯飛ばす気ですか！」高科が慌ててストラップを捕まえる。

「スッとしました、みんなぐうの音も出ないし！」

「……ちょっと落ち着いて」

「もうね、ものすごくかっこよかったですよ！」

「落ち着く！」

高科が振り回されていた手を強く引いて押さえ込んだ。

「かっこいいのはそっちでしょう」

真顔で言われて目をしばたたく。

「官の要望が揺らいでいたら戦えない。そう言ったんでしょう、あなたが」

ああ、そういえば。そんなことを言ったかもしれない。

「あなたが戦うと言ってるのにこっちが日和《ひよ》れない。あなたが戦ってるなら輸送機くらい何度でも持ってきます」

……うわ、何か。何気にすごいこと言われてるような。

強く掴まえられた手が急に意識された。

「援護は間に合いましたか」

挙動不審にならないためには頷くだけが精一杯だ。

――やばい。

みじめな状況では気づかれたくなかったキモチがせり上がる。今なら気づかれたいかも、とかそんなことは駄目だ高科がユーザーであることは変わらないのにそういうのはまずい、公私混同だし揶揄された通りになってしまう。

――あ、でも。

仕事終わったらいいんじゃない？　とか思ってしまったのは魔が差した。その後も多分、魔が差した。

「次世代機が完成《ロールアウト》したら告白してもいいですか」

ってバカ何言ってんのあたし！

「……ってあの、予約っていうか……予告？」

バカの上塗りだ。

「今のは聞かなかったことにします」

高科が何気なく手を放した。

「そういうことは自分から言う主義ですから。保険があるから言ったような形になるのは心外です」

絵里をかわして高科がタラップへ向かう。絵里を見なかったのはわざとだ。

「……意外と高科さんてかわいいですね？」

背中を追いながら、かけた言葉は完膚なきまでに無視された。そういうところはかわいくない。

「早くお付き合いできるといいですね」

わざとそう言ってやると、「ロールアウト！」とすかさず生真面目な訂正が飛んできた。

Fin.

国防レンアイ

*

はっきり言わせてもらうとあいつらはちょっと調子に乗っている。

というのは俺たちの同僚女性、つまり女性陸上自衛官、すなわちWAC《ワック》である。男女比が極度に男に多く偏った職場環境が奴らの付加価値を跳ね上げる。生物学的に雌であるというだけでその希少価値は無限大、しかも隊員の男どもはドキッ男だらけの集団生活ポロリがあっても嬉《うれ》しくも何ともねぇー！　というむさ苦しい日常に慣らされきっているので（慣れることができない奴は自動的に辞めていく）、美醜に関する感覚も完全に吹っ飛んでいる。しかも体力自慢のやりたい盛りだ。

ぶっちゃけ穴さえ開いてりゃ女神である。世間に出したら鼻も引っかけられないような、言葉を選ばず平たく言うとどんなブスでもオカメでも隊内においては「アタシ男が切れたことがないの」とか吐《ぬ》かせる恋多き女になれる。

たまにマドンナ気取りの不細工ちゃんにむかつくこともないではないし、世間の小綺麗《こぎれい》なお嬢さんを見ると正常な美的感覚が復活することもあるが、結局は手の届かないよその女より手の届く手近な女だ。いくら美味《うま》そうであっても決して食えない絵に描いた餅《もち》よりコンビニのみたらしのほうが価値があるのである。

こんな状態だから女どもは自分の価値をよく知っている。下士官になんか見向きもせず、将来有望な幹部を一本釣りするのに余念がない。

そして相手にされない男たちは負け犬のように遠吠《とおぼ》えするのだ。

あいつらちょっと調子に乗りすぎ。

しかしそんな負け惜しみを言ったところで、当の「調子に乗ってる」女に言い寄られたとしたらそれは一も二もなく乗っかるのだから、男というものはつくづく悲しいイキモノである。

――と、自衛官歴八年の伸下雅史《のぶしたまさし》三曹は考える。

＊

「いーい、あんたたち教育期間中に恋愛なんかするもんじゃないわよ。配属先でいっくらでも幹部狙えるんだから、自分を安売りしないこと！　飢えた士長以下《ヒラ》なんか論外よ！　言い寄ってくる奴がいたら水でもかけて追い返してやんなさい！」

整列した新隊員女子に身も蓋《ふた》もない檄《げき》を飛ばしているのは三池舞子《みいけまいこ》三曹である。泣く子も黙る女教官として真駒内《まこまない》で勇名を馳《は》せるＷＡＣだ。

「……ひどい！」

と顔を覆ったのは同じ訓練場で戦闘訓練中だった男性隊員たち、今まさに三池が論外と切り捨てた士長以下の陸士たちだ。突撃待ちで三池の檄が否応《いやおう》なく耳に入ったのだろう。

「仲下三曹、何とか言って下さいよっ！　俺らが付け入れるWACなんて新隊員くらいのもんなのに、あんな釘《くぎ》刺されたら手も足も出ませんよ！」

部下の士長に泣きつかれた仲下は顔をしかめた。

「何で俺が……ていうか、あの鬼軍曹と戦える同期なんかいるわけないだろ」

「だって仲下三曹、鬼軍曹と付き合ってるんでしょ」

「どっから聞いてきた、そのデマ」

仲下が睨《にら》むと士長は睨まれた理由が分からないようにきょとんとした。

「だって鬼軍曹と二人でよく出かけたりするじゃないですか」

「それは俺が奴のパシリだから。奴の都合のいいときに奴の都合のいいように使われてんの」

主には憂さ晴らしとか憂さ晴らしとか憂さ晴らしとか。要するに態《てい》のいい鬱憤《うっぷん》のぶつけ先だ。

「奴と呑《の》みに行くときなんか一滴も呑めないんだぞ、俺。あいつ絶対自分の車出さないし。実質呑み会でも何でもないだろ、それ」

「うわぁ鬼軍曹ひでー、それ単なるアシ扱いじゃないですか」

「だからそうだって言ってるだろ。俺と奴はただの同期でそれ以上でも以下でもないの」

「むしろただの同期以下な感じが……」

何気に失礼な感想だが「そうそう」と軽く受け流す。

「ていうか、同期なのに何でそんな一方的に虐げられてるんですか？」

「それは昔から積み重ねた弱みとか色々……それよりお前」

面倒くさくなったのとそろそろ触れられたくないところへ矛先が来たので話を逸《そ》らす。

「本人の前で鬼軍曹とか口滑らせたらぶっ殺されるから気をつけろよ。俺は聞かなかったことにしといてやるけど」

鬼軍曹とは男性隊員の間で囁《ささや》かれている三池の渾名《あだな》だが、これが耳に入ったときの三池の激昂《げきこう》ぶりは毎度凄《すさ》まじい。

「わあ、言わないでくださいよ絶対！」

士長は泡を食って伸下を拝み倒した。

「伸下！」

三池に声をかけられたのは昼飯時の隊員食堂だ。頭上から降った声に振り向くと向こうはこれから席を探すところらしくトレイを持って立っている。

「明日呑むけど付き合えるわね？」

あからさまにこちらに拒否権のない居丈高な口調に伸下は溜息《ためいき》を吐《つ》いた。

「お前なぁ」

部下と同席中に強権発動されるとこちらの立場がない。だが、文句を言おうとして三池の腫《は》れた目元に気がついた。——ここで気づかなきゃいいのに気づいちゃうんだよなぁ俺。

と自分の目ざとさを微妙に呪う。

「……何時」

「七時。車はそっちが出してよね」

今さら何を。お前が車出したことなんかねーだろ、などと皮肉のひとつも飛ばそうものなら部下の前でペタンコにやられるのが分かっているので投げやりに頷《うなず》いて収める。三池も「じゃあね」と素っ気なく立ち去った。

部下たちは固唾《かたず》を呑んで三池を見送り、三池が完全に警戒圏外へ去ってから伸下に話しかけてきた。

「ホンットにパシリ扱いなんですね」

口火を切ったのは先ほど伸下に泣きついてきた士長である。

「一方的にも程があるじゃないすか、何で断らないんすか」

義憤なのかやや不満そうに別の一士も問いかける。

「断ったら色々メンドクサイから」

端的に答えた伸下に全員が一様に納得の顔になる。それにしても、と内の一人が呟《つぶや》く。

「女と呑みに行けるのにこんなに羨《うら》ましくない話があるなんて……」

陸士たちにとっては新隊員女子への接触を巌《いわお》のように阻む鬼教官のイメージが強いせいか、三池は女のカテゴリーから完全に外れているらしい。

「言えた、伸下三曹の立場代われるとしても絶対代わりたくないもんな」

「呑んでる途中に正座で説教始まりそう」

「あわよくば一発、とか絶対無理そうだしなー」

「殺されるだろ、それ！」

すぐに話がやれるかやれないかに走る辺りは宿命的に下品な男所帯ではデフォルトだ。

伸下はあけすけな会話に苦笑した。

「そうは言うけど、三池が新人の頃はすごかったんだぞ」

「何がですか」

「考えてもみろ、女って条件さえクリアしてればもてはやされる自衛隊だぞ？」

今でこそ鬼教官の看板を背負っている三池だが、見てくれは公平に見てかなり上等だ。

「あの外見で初々しい三池想像してみ」

伸下の示唆で部下たちは一瞬考え込み、

「うおっ！　やばい萌《も》えた！」

「やばい！　やばいっすよ何の最終兵器ですか！」

一同騒然となる。

「しょっちゅう広報の写真モデルにされてたくらいだし、そりゃもうモテモテだったぞ」

「それが何であんなことになっちゃったんですか、隊の損失だ！」

「何でって言われてもなあ」

少しは三池をフォローしてやろうと思ったが裏目だ。問《と》い質《ただ》されて伸下は無難な返答を探した。直接の原因は長年の付き合いで知っているが、それは墓まで持っていく約束だ。

「多かれ少なかれ、年季が入ると自動的にああなるんだよＷＡＣは」

ああー、と全員が諦《あきら》め気味に納得する。

「士長になるといい加減ふてぶてしいもんな、奴ら」

「かわいげないくせに調子に乗ってるしな。生意気だし」

どうやら矛先はそれぞれ思い当たる同期のＷＡＣに移ったようである。

新隊員のうちに引っかけて俺色に染めればどうか、などと妄想に近い願望を熱心に話しはじめた部下を残して伸下は席を立った。

生意気でかわいげがなくて調子に乗っている。そんなＷＡＣの真の恐ろしさを、彼らはまだまだ分かっていない。

翌日、約束した時間に三池を回収しにいくとまだ出かける支度ができていないという。一方的に時間を決めるくせに自分はその時間を守らないのも毎度のことだ。

女子隊舎の玄関先で手持ち無沙汰《ぶさた》に待っていると、知り合いのWACに声をかけられた。

「あらぁ、また？　毎度お疲れね」

答えようがなく苦笑すると、「今日は荒れるわよ、奴は」と軽い脅しが入った。すでに友人の中では荒れた後なのだろう。

「余計なこと言わないでよ萩原《はぎわら》！」

パンプスを突っかけながら出てきた三池が怒鳴り、萩原は肩をすくめて退散した。

お待たせとも何とも言わずに三池は停めてあった伸下の車のほうへ歩き出した。

「外泊取ってきたわね」

門限を気にせず呑むために、いつもお互い外泊届けを出している。外泊を出しておけば門限後に帰るのも自由である。もっとも呑むのは三池の側だけというのは部下にも話したとおりだ。

いつもの段取りにわざわざ念を押すときは荒れると相場が決まっていて、萩原の警告はどうやら適切だったらしい。

行き先は手近なすすきのと決まっているので、伸下は取《と》り敢《あ》えず車を走らせた。

地元が北海道、しかもかなり地方の三池は酒が入ると訛《なま》りが混じる。

「聞いてや仲下！」

「聞いてるよ」

適当な飲み屋に入ると三池は初《しょ》っ端《ぱな》から飛ばした。一杯目から焼酎《しょうちゅう》である。

「一流証券会社で国立出でイケメンでテニスが巧《うま》いんだろ」

もう耳にタコができるほど聞かされた。三池が先日まで付き合っていた男の話である。

そして三池の腫れた目元の原因だ。つまり失恋ほやほや、しかも振られた側らしい。

合コンで知り合ってメルアド交換して二人だけで会うようになりいざ付き合いはじめた最初のデートは小樽《おたる》に一泊旅行、昼は水族館を見て夜は運河を歩き、こじゃれたホテルに泊まっていざベッドイン、とっておきのチェリーピンクの勝負下着を着けていた——とかそんなことまで聞かされる「単なる同期の男」の身にもなってほしい。

「そんでその最初のデートで振られたんだよな？」

「違う！　あたしが振ったんだって言ってるべさ！」

三池はそう主張するが、既に五回は聞かされた状況から検証するにどう考えても三池が振られた側だ。

「なまらむかつく！」

「あいつブラ外して人の胸触った途端『固い！』って大笑いしたんだよ！『胸まで筋肉かよ』って！」

「だから言うなっつの生々しい！」

「乳まで筋肉なわけないしょや！　胸筋ついてるだけだっつの！　乳はちゃんと柔こいっつの！」

うわー考えんな想像すんな俺！　っていうか何でこいつは酒が入るとこう慎みのない、

「そんだけならまだしも人の腹ば見て爆笑すんなや！　腹筋割れてて何おかしいのさ⁉　自衛官八年もやってりゃ割れてないほうがモグリだべさ、毎日国防してんだこっちは！」

「いいから声落とせ！　でかい声で世間様に発表することか！」

この展開は目に見えていたので席はボックスにしてあるが、それにしても地声が大きく周囲に話は筒抜けだ。

「そんでぶん殴ってそのままホテルに置き去りにしてやったべ、ざまー見ろ！」

「あーあー、そんで始発まで野営してたんだよな？」

「そうよ、連休だもん飛び込みじゃ宿なんかどっこも空いてないべや。公園行って即席壕《ごう》作ってさぁ。うっかり警察に見つかって保護されたら隊の名折れだし、ちゃんとブッシュで擬装もしてさぁ」

「よかったな隊で培った野戦技術が役立って」

酒が呑めない手持ち無沙汰にほっけを箸《はし》でむしりつつ投げやりに相槌《あいづち》を打っていると、三池が不意に喋《しゃべ》らなくなった。

見ると俯《うつむ》いてぼろぼろ泣いている。

「……あいつ追いかけてこなかったんだわ。帰ってからもなンも連絡なくってさ」

あー、ここが今日の核心か。仲下は箸を止めた。

「あたしが自衛官なのは最初《はな》ッから分かってたべさ。筋肉ついてんのも腹筋割れてんのも普通に想像つくべさ。柔こい女がよかったら民間の女と付き合えばいいしょや。あたしの裸見て笑うんだったらなしてあたしと付き合ったりすんのさ」

……あぁ、もう、ばかだなぁこいつは。

どうせ隊の女友達には面白おかしく話して笑いを取って、仲下にも泣きつくまでに痛飲したあげく五回も同じ話をせねばならない。どうしてこれほどまでに意固地でプライドが高くてばかなのか、毎度のことながらほとほと呆《あき》れ返る。

「あたしそんなみっともないんかなぁ、裸笑われるくらい恥ずかしいんかなぁ」

「そんなことないって」

男からは非常にフォローがしづらい話題だが何とかするより仕方がない。

「毎日頑張って国防してるから体もきっちり出来上がってんだろ、それ笑うほうが見識が低い。男のほうがサイテーなだけだって」

「建前で言うなや」

酔って赤く濁った目でじろりと睨まれる。うわ、それを今この状況で要求するかこいつは。しばし目を逸らしたりしてみるが、目を戻すと立派な酔漢と化した三池は真正面からガンくれている。

「……そんなことなかったって」

観念してそう吐くと三池はふて腐れたように頷いた。

「お前さぁ」

今度は伸下から切り出す。

「やっぱり付き合うの自衛官の男にしとけば？　民間の男とうまくいったこと一度もないじゃん。いっつも最後はこやって大泣きすんだろ」

うまくいかない理由はそのときどきだが、最後に泣くのは変わらない。だが三池は表情を頑《かたく》なに硬くした。

「隊内だったらお前と付き合いたい奴なんかいくらでもいるしさ。腹筋割れてるって笑う奴もいないし。出会いも少ないのに無理して民間の男にこだわらんでも。いっつも俺の前で泣くのもすげー不本意だろ、お前」

「そんでもっ」

三池がきつい声で伸下を遮る。

「あたしはもう隊内恋愛はしないの、決めたの。仲下だって知ってるしょや」

「けど、民間の男とうまくいったって転属あったらおんなじ二者択一になるんだぞ。それに相手の側に異動があることもあるだろうしさ」

「そんでも嫌なの、思い出させんなや！」

俺には無造作に思い出させるくせに何なんだよ、とは思うが、はったと睨みつけてくるぼろぼろの泣き顔を見るとこう言わざるを得ない。

「……ごめん余計なこと言った」

三池は答えず残っていた酒を一息に呷《あお》り、通りがかった店員に追加を注文した。


呑めるだけ呑んで三池は店でいきなり潰《つぶ》れた。トイレで行き倒れているのを店員に発見されて、仲下は大いに恐縮しながら三池を担いで逃げるように店を出た。三池がやりたい放題やらかして恥は仲下がかくのも定番の構造である。

車まで戻って助手席にぐだぐだの体を押し込みベルトをさせる。無茶に動かしても一向目を覚まさない泥酔ぶりは目の当たりにすると色々来るものがあるが、ココロを閉ざしてできる限り単なる軟体の物体として扱う。

積み込みを終えて運転席に乗り込むと無意識に溜息が漏れた。

「いい加減にしろよなー……」

無警戒に醜態さらしやがって、と泣き寝入る顔を恨みがましく睨む。「そのうちどっか連れ込んでも知らねーぞ」

隊内だったらお前と付き合いたい奴なんかいくらでも、——筆頭、俺だっつーの。

三池が伸下に吐く愚痴は仕事上のトラブルから隊舎のいざこざまで多岐に及ぶが、恋愛沙汰で『相談』をすることはないため、伸下は三池が失恋したときに初めてその話を聞くことになる。それまでは一切事情を知らされず、ある日いきなりどこかの男と付き合っていたことを馴《な》れ初《そ》めから破局まで逐一、しかも好きな女から聞かされたあげく正体なくすまでやけ酒に付き合わされる「単なる同期の男」という立場はかなりきつい。

失恋したてで脇はがら空き、付け入る隙をこれ見よがしにさらされて、しかしあまりに無防備すぎて付け入ることも憚《はばか》られるキモチにさせられるのは実は結果的にガードが堅いということになるのだろうか。

「俺じゃなかったらもう何回かやってるぞ、ばか」

とはいえ、やけになった女に何かしても残るのは罪悪感だけだということはとっくの昔に思い知っている。

「……ぶした、ごめんねぇ」

相槌のようなタイミングにぎくりと肝が冷える。だが三池は相変わらずの軟体状態で、単なる寝言のようだった。——ああこの女はまったくもう、この状況でよりにもよって寝言で人の名前呼ぶか普通⁉ ていうか俺の理性ってここで尽きても許されるんじゃね⁉ と内心キレながら車を出す。極彩色のネオンで飾り立てたホテルの看板が目に毒だ。

あわよくば一発とか絶対無理そう、などという陸士たちのあけすけな会話を思い出し、甘いと反射で吐き捨てる。容易すぎて逆に困るのだ。

生意気でかわいげがなくて調子に乗っているWACの真の恐ろしさを、彼らは分かっていない。海千山千のWACたちは生意気でかわいげがなくてあらゆる意味で調子に乗って高飛車なくせに――、

「……たまにすげェかわいくてすぐ隙だらけになるから困ンだよ」

溜息混じりに伸下は左折のハンドルをゆっくり切った。助手席の三池は車の僅《わず》かな制動でも首の骨が抜かれたように頭をぐらぐらさせていた。

駐屯地の近くから電話を入れて起こし、女子隊舎の玄関先に出てきてもらっていた萩原は、伸下を迎えるなり鼻をつまんだ。

「ちょ、伸下あんた臭い！」

「……いやもう、話せば長くなることながら」

「まとめな」

「背中で吐かれた」

言いつつ伸下はおぶった犯人を揺すり上げた。

泥酔状態に車の揺れが悪かったのか、ぐだぐだの三池を車から降ろしておぶったところで背中から豪快に吐きかけられた。

「ちょっとぉ、あんたがついてて何でそんなことになってんのよー」

「あーごめん、ちょっと今日は……不用意に逆撫《さかな》でしたかも」

反射で言い訳に走った伸下は途中で口を尖《とが》らせた。「ていうか、先に俺を労《ねぎら》えよ」常に自分が上位で話をするWACには下手に出る癖がついてしまっている。

「後受け持つのはあたしなんだから野放しに呑ませられちゃ困るのよ。とにかく玄関まで入れて、そいつ」

言われるままに玄関に入り、ロビーの上がり口に三池を降ろして転がす。

「意外と汚れてないわね、顔にちょっと付いてるか？」

「本人ほとんど無害だろ、肩から俺の前身頃に吐いたから」

要領のいい奴、と呆れた様子で呟いた萩原が続けて伸下にも呆れた口調を投げる。

「あんたもバカ正直に毎回帰ってくることないのに。こんな状態で帰されたってこっちも手間だしさぁ。いい加減この年なんだし、ここまで正体なくしたら何されたって自己責任でしょ」

「いやー、それはなぁ……後も恐いし」

「ヘタレ」

一言で切って捨てた萩原が三池の上体を起こして担ぎにかかる。女子でも日頃の鍛錬が足りているので泥酔者の一人くらいは処理も軽い。

「いつまでも付き合ってやることないのよ。こいつあんたに甘えやすいから甘えてるだけだし、都合良く使ってるのも自分で充分わかってんだから、そろそろ突っ放してもバチは当たらないわ」

気が強いくせに実はウェットな三池と対照的に、萩原は理詰めの女だ。てきぱき理屈を詰められて伸下は苦笑した。

「……まあ、仕方ないから」

萩原はそれ以上は言わず、顎《あご》で表をしゃくった。帰っていいということなので遠慮なく玄関を出る。

まだまだ夜中は冷える中を男子隊舎へ戻りながら、口の中でもう一度呟く。

仕方ないって。逆らえないからとか弱みがあるからとかじゃなくてさ。

甘えやすいから甘えてるだけ、都合良く使われる。人の前で醜態をさらすだけさらし、別の誰かとまた駄目になって醜態をさらしにくるスパンの長い無限ループ。——それでもぼろぼろになった三池が自分を選んで醜態をさらしに来ることが嬉しいのだから仕方ない。

などとなまじ素面《しらふ》の頭でまともに結論づけてしまい、その不毛さに自分で呆れた。

＊

八年前の三池はすごかった。入隊が十代で広報に引っ張り出される容姿とくれば、同期から上官まで取り敢えずチェックしていない者はいなかった。

伸下が同期として親しくなったのは、単に出身高校が同じというアドバンテージによる。もっとも伸下は三年になってから内地からの転入でクラスも違ったし、在学時はまったく接点がなかったのだが、新しい環境が不安だったのか三池のほうから同じ高校出身の女子たちと連れ立って声をかけてきた。

伸下君ってあたしたちと一緒の高校だったよね？

ああそうだ、当時は伸下君などと殊勝な呼び方をしていたものだ。声をかけられて内心浮かれたが、これはアンラッキーが不可分の幸運だった。先輩隊員にやっかまれ理不尽なシゴキを食らったことも度々だったのである。

自衛隊という組織が身近な北海道では高卒進路として入隊というルートはさほど珍しくなく、男子も伸下のほかに同じ高校の奴が何人かいたので同窓会ノリで親しいグループができた。

最初に話をしたから話しやすかったのか、それとも伸下が「いいお友達」タイプの典型だったのか、その頃から三池は相談相手や愚痴の聞き役には伸下を呼び出すのが常だった。告白された隊員への断りを頼まれたり当時からかなりの割りを食っている。

プライベートで何かと頼られる気軽な親密さは男性隊員の羨望《せんぼう》の的で、伸下自身もその状況に何か期待する気持ちはあったし仕掛けようと思ったこともある。

しかし、三池の悪気なくフランクな態度は伸下を異性として全く意識していないことを折に触れ思い知らせ、結局状況を足がかりにする勇気は出なかった。

告白して気まずくなるくらいならこのままのほうが、などとどこの少女漫画のヒロインかという感じだが、ともかく状況を利用して別の到達点を狙うより状況を状況のまま甘受するほうを選んだのだから、三池が誰と付き合おうと文句を言える筋合いではない。三池の好きな隊員への探りを入れさせられたりするのも、やはり同様に文句を言える筋合いは──あるのかもしれないがもちろん伸下に拒否権などなかった。

三池が誰かと付き合ったり別れたりするのを、内心では色々と葛藤《かっとう》しながら表面的には平静を取り繕って傍観し、入隊してからの数年は過ぎた。

士長にもなると定石どおり同期の女子たちは態度のでかい食えない女に変貌《へんぼう》し、三池ももちろんその一人だった。君づけもいつのまにやら取れて呼び捨てどころか「おい」だの「ちょっと」だのぞんざいな呼ばわりで済まされることもある始末だ。

その頃になると、仲間も一人二人と転属で真駒内から去り、仲下も中部の駐屯地に一度出ている。それぞれが新しい環境を作り、何となく連絡も途絶えた。真駒内に残っていた奴が仲下の任地に出張で来て呑んだのが当時の仲間と直に会った最後の記憶だ。

それが最後になったのはそのときのやり取りが痛かったせいかもしれない。

仲間の消息が話題になって、そいつに「お前と三池はそのうち付き合うんじゃないかと思ってたよ」と言われた。言葉に詰まって口を閉ざすと「だけどお前、三池がほかの奴と付き合っても全然平気だったもんな」と勝手に納得され、実は全然平気じゃなかったことは告白し損ねた。

「三池にも訊《き》いてみたことあるんだけどさ。『なーんか仲下とはタイミング合わなかったよねえ』だって」

ちょっと待て、いつがタイミングだったんだ⁉——と思わず掴《つか》みかかりそうになるのを無理してこらえ、その分そのときはえらく悪酔いした。

三曹になって転属先の希望を訊かれ、真駒内を答えたのはすすきの（＝遊べる場所）が近いという地の利を味わった経験と、入隊当時に気心の知れた仲間と過ごして楽しかった記憶と、——けっこう近いポジションを確保していたはずなのに、結局最初から最後まで付き合う名乗りを上げられなかった三池のことをいじましく覚えていたせいかもしれない。

そして真駒内に戻ったのが三年前だ。ぼろい隊舎や施設など目眩《めまい》がするほど変わらない環境で、敷地内に植えられていたポプラだけがその背丈を増していた。

いろいろと感傷はあったが、それでも感傷が目の前に立ち現れるなんてことはまったく想定していなかった。

「伸下!」

いきなり肩をどやされて振り向くと三池だ。

「え、おま、何で」

完全に不意を衝《つ》かれて挙動不審になった伸下に三池はげらげら笑った。

「びっくりしたー!? そーんなお化けに会ったみたいな顔してぇ!」

訊くと三池は一年前に真駒内へ戻ったという。階級は伸下と同じ三曹になっていた。

「したっけあんた来るって言うからさぁ、絶対驚かしてやろうと思って」

「いや、まあ、驚いたけど」

全国に百六十もある駐屯地で配属が分かれた隊員が再会するというのは、かなり奇跡的な確率ではなかろうか。それもいじましく気持ちを引きずっていたその相手と。

もしかすると俺と三池って意外と縁があったりするんじゃ、などと俄《にわ》か運命論に転んでみたり。

「お前、今誰か付き合ってる奴いるの」

何かの折をけっこう狙い澄ましてそう訊いたのは、伸下としては思い切ったオフェンスだった。

もし、これだけ引きずってまだチャンスがあるなら今度は――今度こそは、

「聞いてくれるー!? 今特科の衛《え》藤《とう》二尉と付き合ってるのー! 超ラブラブよー!」

――出会い頭に粉砕しかも致死級!?

伸下のダメージも知らず三池はその場で一くさりのろけを語った。聞くと先月付き合いはじめたばかりでのろけたい盛りらしい。

何だ、このタイミングの悪さは。「なーんかタイミング合わなかったよねえ」どころの騒ぎではない、狙い澄ましてこの最悪は一体。

昔の力関係は三池の側に権力を増して瞬く間に復活し、それから事あるごとにのろけ話に付き合わされるようになった。それを上の空で聞き流しつつ、やっぱり俺ってこういう役回りなんだなぁと何となく何かを諦めた。

状況が急転したのはわずか二ヶ月後だ。相手の二尉に転属がかかったのである。しかも任地は西部で、ほとんど北の端と南の端に分かれることになる。

能天気なのろけ話は俄に深刻な恋愛相談に変化し、電話の時間も会っている時間も二尉より伸下のほうが長いような状態になった。

争点は三池がついていくか否かである。二尉はできれば結婚してついてきてほしい意向らしい。ついていくとすれば自動的に三池は除隊となり、隊に残るなら国内最遠距離恋愛に突入だ。

「あたしどうしたらいいと思う?」

三池は伸下を信用しきって洗いざらい吐き出す。

「彼のこと好きなの、ホントに好きなの。すごいタイプだし頼りがいあるし優しいし」

「自分からこんなに好きになった人初めてで、すごく頑張って振り向いてもらってやっと彼女になれたのに」

「今離れるの、すっごい辛《つら》い。東北とかならまだ近いけど九州だし、どんなに頑張ってもやっぱり毎月会うとか無理だし」

「遠距離で駄目にならない自信なんてないし」

「でも、今すぐ結婚とかはやっぱり決心つかないの。だからって辞めて向こうで別の仕事探すのも、もし彼と別れたらって思うと恐くてできない。それにあたし就職に有利な技能とか持ってないし、今は不景気だし」

「だってまだ二十三なんだもの。それにあたし、去年三曹になったばっかりなのよ。まだもっと上に行けるかもしれないのに、ここで辞めちゃうの悔しい。自衛隊だったらあたし管理職になれるのに、民間じゃ絶対そんなとこ狙えない」

「でも遠距離になるのは不安なの。遠距離になって壊れたら絶対後悔すると思う。ねえ、遠距離だったら駄目になると思う？」

三池の天秤《てんびん》はものすごく微妙で、どちらかに藁《わら》が一本乗ればそちらに傾くような状態で、仲下はその藁を握らされていた。

なぁ、俺をそんなに信用するなよ。俺がお前に渡された藁をお前と他の男の恋愛に一番いいほうに置くなんて無条件に信じるなよ。

「どっちがいいかは最終的にはお前が決めるしかないけどさ」

その前置きは逃げ口上だ。いかにも自分は公正に語っていますよという見せかけの。

「仕事に未練があるならそれはちゃんと相談してみたら？　二尉だって自衛官なんだし、意欲は分かってくれるんじゃないかな。別に任地が離れても続いてるカップルもいるし、転属願い出して同じ駐屯地に配属されるのを待つって手もあるし。だけど、二尉についていけば幸せになれると思うし、ついていくのももちろん手だと思うよ」

両方の可能性を平等に語っているように見せかけて、自分の期待している展開に若干の手心。我ながらあざとくてびっくりする。

三池は迷いに迷ったあげく結局ついていかなかった。そして二ヶ月ほどして仲下の期待していた展開は来た。

今すぐ外泊取って迎えに来い。

それだけで電話は切れた。前日までに出さねばならない外泊届けは、隊舎の隊長を拝み倒して何とか割り込ませてもらい、女子隊舎へ向かうと泣き腫《な》らして目の血走った三池が待っていた。何があったかはその顔で大体察しがついた。

まだ看板が出たばかりという時間に入った店で、ろくに食べもせずアルコールだけ黙々と呷る呑み方はほとんど鬼気迫るような迫力だった。

何かあったのかと察しがついているのに尋ねるのも白々しくて気が引けるが、待っても三池が話し出す気配はない。

話を振ると三池は「浮気だってさ」と低く吐き捨て、いきなりMAXまでテンションを跳ね上げた。

「二ヶ月よ!? 信じられる!? いっくら遠距離だってもたった二ヶ月でもう乗り換え!? いくら何でもひどくない!?」

あ、意外と元気か？ 内心ほっとしつつまるで今初めて知ったような顔で「ひどいな」などと相槌を打つ。

ぶりぶり怒りながら話は前後ループし、三十分一巡を三回くらい繰り返した頃、電池が切れたようにいきなり三池のテンションが落ちた。

「あたしのせいだって言われた」

呻《うめ》くようなその声。

「……何だよそれ」

「元はと言えばお前がついてきてくれなかったせいだろ、だって。あたしが浮気させたんだって。浮気相手の女は自分だったら辞めてついてくのに彼女は二尉のことが本当に好きとは思えないって言ったんだって。そんで、」

三池は表情を変えず、涙腺《るいせん》だけが静かに決壊した。

「お前ホントに俺のこと好きだったのかって」

ああ――これが致命傷か。これは痛い。これを言われたらもう、

「……別れたのか」

恐る恐る訊くと、「それしかないしょ」と三池は薄く笑った。

「仕事も諦めたくないのって言ったら、あたしが恋人で誇らしいって。意識の高さを同じ自衛官として尊敬するって。離れるのは寂しいけど、仕事も恋愛も俺たちならきっと両立できるよなって。散々いいフリこいといて今さら何それ、幻滅させせんなや……！」

しゃくり上げてぐちゃぐちゃになった声が、そのまま嗚咽《おえつ》に変わった。掛ける言葉などあるわけがない。

これは何かの罰だろうか、好きな女が傷だらけになった横にいて何一つ手を貸すことができずにしかもその傷ついた遠い原因は確実に自分だ。

選択肢の両方を公平に語っているように見せかけて、その実はっきりと手心を加えた。ほとんど日本の端と端に分かれるのに壊れないなんて正直まったく信じていなくて、でもどっちか諦めなくても両方摑めると信じたい三池の気持ちを正論で上手に煽《あお》った。

いつか何となく壊れることを淡く期待し、そうして今目の前でぐちゃぐちゃに泣かれる。

こんなふうになる三池を見たいわけじゃなかった。いつか何となく二人が冷めて曖昧《あいまい》に自然消滅でもしないだろうかなんてそんなことを浅ましく期待して、俺は三池に名乗りを上げることさえ一度もできないくせに。

こんなにひどく終わることを望んでいたわけじゃないのに、こんなにひどいことを期待したのだということをはっきり思い知らされる。曖昧な終わりを期待していただけの自分はそれほどあくどいわけじゃない、そんな欺瞞《ぎまん》が容赦なく引っぺがされる。

厚かましく友達ヅラで三池の隣にいることが耐えきれず、痛飲する三池に引きずられるように伸下も呑んだ。

後で思えばそのとき酒で逃げるべきではなかったのだ。

あたしはもう絶対自衛官の男とは恋愛しない。仕事も捨てたくないって気持ちを自衛隊の男にだけは裏切られたくない。だって仲間にがっかりしたくない。

三池がそんなことを言ったのを最後に記憶は時系列を完全に見失った。だから何がどう転んでそんなことになったのかは知らない。

二日酔いで目を覚ますと隊舎ではなかった。やたらと鏡の多い俗な内装の部屋は明らかに用途が限定された宿泊施設のそれで、

隣でまだ寝ている三池は裸だった。

鏡を見なくても真っ青になっている自分が分かった。――しまった。何というかもう、心の底からしまった。

「最ッ低だ……」

呻いた声に起こされたように三池がうっすらと目を開けて、寝ぼけていた瞳《ひとみ》がみるみる覚めた。がばっと跳ね起き、

「……まさかあたしやった⁉」

「あたしっつーか俺っつーか……」

確かにやった。

「待って何かの間違いでしょ⁉　同衾《どうきん》しただけで寝潰れたって可能性は⁉」

「詳細うろ覚えだけどやったって。だってえらい気持ち良かったし」

「ギャー何言ってんのよあんた⁉　生々しいわエロジジイ！」

「つーか自分じゃ分かんねーの？」

逆に尋ねると、三池は何かを探るような表情になり、

「そういえばヒリヒリするような」

「どっちが生々しいんだよ！」

しまったぁー、と頭を抱えた三池は仲下のツッコミなど聞いてはいなかった。黙られるとこの空間は気まずい。

「——ごめん、俺……」

口を開きかけたところでカウンターが来た。

「なかったことにしよう！」

それはそれは明朗快活な宣言にあんぐりと口が空いた。

「——は⁉」

「あたしもう自衛官と恋愛しないって言ったでしょ、だからこれは単なるハプニングってことで。昨日という日は抹消しよう」

「俺との一夜、ハプニング呼ばわり⁉　しかも単なる⁉」

「何よ異存あるわけ？　仲下だって友達と気まずくなるの嫌でしょ？」

そう切り上げられると疚《やま》しさもあって何も言い返せない。——ホントは俺ずっと前からお前のことが、なんてどの面下げて切り出せる。

「やだ今何時!?」

三池が思い出したように慌てて時計を探した。

「ちょっと！ 起床まで一時間切ってる！」

お互い弾《はじ》かれたように身支度に取りかかった。起床までに帰隊せねば下士官への示しがつかない。

その慌ただしさに紛れてその夜のことは完全に流れた。


その後、三池は宣言したとおり自衛官を恋愛の対象からきっぱり切ったらしい。「絶対彼より上玉見つけてやる！」と一般人との合コンに積極的に乗り出していくようになったが、隊内ではデタラメにもてるＷＡＣも一般人には苦戦を強いられているらしい。メルアドばかりがやたらと増えてなかなか後に繋《つな》がらないようだ。

という話は実は三池ではなく萩原から聞いた。三池は三池なりに『ハプニング』のことを気にしてはいるようで、仲下に恋愛関係の話はしなくなったからである。

かと言って便利に使われる関係は変わらず、三池は不本意に振られたり別れたりする度に仲下をやけ酒に付き合わせる。

そうして傷つき目減りした自信を補給させられるのだ。――ねえ、あたしってそんなに魅力ない？

なかったことにするなら俺でそういう部分を補うなよ痛《いて》ぇんだよこっちだってずるいよお前。とは思うものの負い目がある分そんな不平は言えず、仲下が文句を言わないことを見越して仲下で自信を補う三池はやっぱりずるい。俺のところに降りてくる気なんかないくせに。

二尉と別れて三年ほどの間に、きつい失恋話を聞いたのは五、六回にもなるだろうか。仲下は三池と呑みに行くとき酒を一滴も呑まなくなった。

酔ったどさくさまぎれに好きな女の隙に付け入るのはもうごめんだった。罪悪感で身のよじれるような思いをするくらいなら、

服にゲロを吐かれるほうが何ぼかマシというものである。

＊

目を覚ますと見慣れた隊舎の自室だった。ああやっぱり、と思いながら枕元の目覚ましを摑む。布団に引っ張り込んで確認するともうすぐ昼を回る時間だった。

ごそごそ動いた気配で気づいたのか、同室の萩原から「おそようさん」と声がかかった。おはようなどと言える時間ではないので黙って甘受する。

「いくら休みっつってもあんまり怠惰じゃないの、三曹？」

起床の点呼で一度起き出し口をゆすいだことは覚えているが、再度ベッドへ直行だった。

「あー……」

ウォーミングアップで出した声は酒で完全に嗄《か》れている。

「あたし昨日何時に帰ってきた……？」

0200《マルフタマルマル》、と自衛隊式のカウントで午前二時を答えた萩原が呆れた顔でこちらを向いた。

「どうやって帰ってきたって訊かないのがいい度胸ねー、あんた」

「えーだってぇ」

伸下が連れて帰ったことは分かっている。

「あんた伸下の服に思いっきり吐いてたわよ」

「げ⁉」

さすがに吐くまでの醜態をさらしたのは初だ。

「中のセーターとかクリーニング出しても駄目ね、ありゃ」

「うわー、そんなひどかった？」

「もはや分類生ゴミよ、あれ。毛足完全に死んだわね。弁償してやんなさいよ、伸下って地味にいい服着てっから」

「う、今月もう無理かも」

それほど無駄遣いをしていなくても給料日前の所持金では買えないようなものをしれっと着ていることがある仲下である。

「あんたさー、仲下のこと便利に使うのいい加減やめてやったら？」

助走も何もなくざっくり投げられた球は三池を大いに怯《ひる》ませた。

「いくら何でも気の毒でしょうよ、最初っから弾いてるくせに自分がへこんでるときだけ甘えていいだけ隙見せつけてさぁ。仲下だってただの棒っきれってわけじゃないのよ」

「あたしと仲下はそんなんじゃないって」

「あんたのトラウマは分かるけど、そんなんになってみる余地は一切ないわけ？」

大体あんたは、と萩原はすっかり説教モードに入っている。

「男見る目ないんだから自分から好きになったら絶対失敗すんのよ、いいかげん自分でも分かってんでしょ？　転属した二尉だってあれ、優しいっていうよりは優柔不断の部類よってあたし言ったじゃん。まんまと向こうで押しの強い女に寄り切られちゃってさぁ」

歯に衣《きぬ》着せない性質の萩原は得意のマシンガントークで容赦なく古傷をつつきに来る。

「あんたみたいな見る目ない奴が地の利のない外部で恋愛しようなんて自殺行為だわね。それも無理目な高望みばっかり狙っていいように遊ばれちゃって。その点、仲下だったらお買い得じゃん。あんたみたいにずるく使う女に文句も言わず付き合って見返り一つ要求しないし」

「だから仲下はそんなんじゃないんだって」

三池はぼそぼそと歯切れ悪く反論した。

「友達よ。だって八年越しの付き合いなのにあいつ一度もそういう素振り見せたことないのよ」

物理的には一回間違ったことがあるが、それだって酒の勢いであり、仲下がどうこうというわけではなかった——と思う。むしろ三池が腹いせがてら襲った疑惑が濃厚だ。

入隊この方どうして仲下と付き合ってないんだろうと思うことは何度かあったが、結局タイミングがなかったし、仲下との縁はそういう方向じゃないのだろうということで三池は納得している。

「言っとくけど、仲下って誰にでもあんたみたいに便利に使われてやってるわけじゃないわよ」

「友達甲斐《がい》があんのよ」

そもそもさ、と三池は顔をしかめた。

「仲下にその気があったら今まで何かしてると思わない?」

一回間違った後から、仲下は三池のやけ酒に付き合うときは絶対に酒を呑まなくなった。

それは要するにそういうことになるのを拒否しているということだろう。

あんたが釘打ってるからじゃないの、と萩原は言ったがとにかく、仮に伸下にその気があったとしても、伸下に裏切られるのは三池にとって致命傷であり、そのリスクを押して付き合ってみるほどの勇気は持てない。

三池にとって伸下は別格と言っていいほど手放しで信頼している仲間で、その伸下に昔の二尉のような手痛い裏切りを食らおうものなら――

三池はそれ以上隊に務めていられる自信はなかった。

＊

「いーい、あんたたち！（以下略）」

三池は新隊員たちに暴言すれすれの檄を日々いい調子でかっ飛ばしている。

大分浮上したかな、と伸下はその檄を聞きながら訓練をこなす。

そうして前回のやけ酒から半月ほどが過ぎ、給料日を迎えた頃に三池のほうから誘いがかかった。

前回吐いた服を弁償するという。上着はクリーニングで何とかなったが、中のセーターは駄目だったので遠慮なく買ってもらうことにする。

自分から弁償すると言い出しておいて、いざ支払う段になると同じ物を買い直しただけだったのに値札で三池はぶつぶつ言った。

「もぉ、今度からあたしと呑むときはもっと安物着てきてよねー。購買のジャージで充分よ、あんたなんか」

「どこの王様だよあんたは。しかもまた吐く気かよ勘弁しろよ」

「念のためってことよ、また吐くなんて言ってないでしょ」

暴君ぶりは完全に復調していて、やはり失恋の痛手はかなり紛れたらしい。

買い物を終えるともう夕方で、三池は晩飯も奢《おご》ると言い出した。

「何だよ珍しく気前がいいなぁ。何か企《たくら》んでねえ？」

茶化すと三池はばつの悪そうな顔で頭を掻《か》いた。

「萩原にいろいろ聞いたからさぁ……借りは返しておかないと次に迷惑かけづらいし」

三池が迷惑をかけることを配慮していたとは初耳だが、せっかくのタダ飯を蹴《け》る理由はない。隊舎の飯ももちろんタダだが、何しろ味が天国と地獄くらい違う。

三池の入ったエスニックの店は辛い物さえ平気ならなかなかの味で、値段も手頃だった。

「やっぱ女はいい店知ってんなぁ」

隊の男同士では質より安さと量が優先されるので、使う店は大学生御用達のような安手のチェーン店ばかりだ。

うるさいのが玉に瑕《きず》かな、と伸下は騒ぐ声が聞こえてくる方向をちらりと眺めた。まだ七時を過ぎたばかりの時間に完全に出来上がって騒いでいるグループが近くにいるらしい。

三池もうるさいのかたまに眉《まゆ》をひそめている。

「いつもはもうちょっと落ち着いた感じなんだけどね」

その騒いでいたテーブルからトイレにでも立つのか、スーツ姿のサラリーマンが歩いてきた。うるせえ奴らだなぁと軽く見やると、相手がふとこちらに目を留めた——と思うやずかずか近寄ってくる。

仲下が面食らっていると、男は人懐こいと馴々《なれなれ》しいの中間の笑顔でこちらのボックスに身を乗り出し、

「舞子じゃん」

完全に不意を打たれて三池が固まり、表情を強《こわ》ばらせた。にやけヅラだが顔の造作だけは無闇にいいその男は無神経にテーブルに手を突いた。

「誰」

尋ねた仲下に三池は俯きながら、「前の……」それだけで相手の正体は知れた。

「この店いいよねー、教えてもらってからたまに打ち上げとかで使ってんだ。あ、そっちの人は今のカレシ？　初めましてー」

別れた経緯をまったく頓着《とんちゃく》しない様子で男はぺらぺら喋り、強ばったまま返事をしない三池に気づいて「あれー、何か元気なくない？」と首を傾げた。そして「あっ」と勝手に解答を導き出したらしい。

「もしかして、最後に殴ったの気にしてる？　気にしなくていいよー、俺も気にしてないから」

　つまみ出したものかどうか、仲下は立場が微妙で主導が取れず、小声で「帰るか？」と尋ねたが、三池は俯いたまま身動きしない。あまりにも予想外でタイミングの悪い遭遇に激しく動揺しているらしい。

　と、男のでかい声にテーブルに残っていた連れが数人わらわらと近寄ってきた。

「どうしたのお前、知り合い？」

「ああ、ほら前のさぁ」

　男が答えた途端、連れがげらげら笑い出した。「ああ、あの！」訳が分からないなりにさらし者になっている気配に三池の肩がますます強ばる。

「ねえ、キミ腹筋すごいんだって？」

　落ち着いた照明の下で分かるほど三池の顔が紅潮した。

「いやー俺もお相手願いたかったなー、そんだけ鍛えてたらあっちもすごそう」

「何それオマエー！　セクハラセクハラ！」

　質《たち》の悪い酔っ払いの集団は下卑たネタで悪気なく笑い転げた。

　ドン、と激しくテーブルを殴った音には衝撃で皿の跳ねる音が重なり、酔っ払いたちが驚いたように息を呑む。

腰を浮かした仲下は三池の元彼に身を乗り出した。

「女に恥かかせて何楽しいんだお前」

真っ向睨む仲下に気圧《けお》されたのか、元彼がおどおどと口籠《くちご》もる。

「冗談じゃん、何そんな……」

「腹筋割れてて何おかしいんだ？　こっちゃ伊達《だて》や酔狂で国防やってねえんだよ。有事のときにお前ら守るために毎日鍛えてんだよ。チャラチャラやってて腹なんか割れるか」

うわ恐ぇ、などと囁きながら元彼の連れが気まずそうにそろそろと一人二人退散する。

元彼も逃げたそうだったが、仲下は睨んで逃がさなかった。

「お前よりちっちゃい女が一生懸命国防やってんだよ、労いこそすれ恥かかすところじゃねえだろが」

元彼の目が仲下から逃げるように泳ぐ。口の中で何か言い訳くさいものを呟いているが、何を言っているのかはさっぱり聞き取れない。

相手にする気もなくなって、仲下は座席から上着を取った。

「三池、行くぞ」

慌てて荷物を抱える三池の腕を引いて席を立たせ、レジに向かう。——と、三池が途中で仲下の手を引き止めた。

所在なく取り残された元彼を振り向き、

「あんたなんかと寝なくてよかった」

吐き捨てた声が少し震えていたのはそばにいた伸下しかたぶん気づいていない。三池は吐き捨ててからまた伸下の陰へ逃げ込んだ。意外と内弁慶なことが初めて分かった。

外へ出てから三池の目から涙が転がり落ちた。道の端へ逃げてぐいぐい目元を拭《ぬぐ》う。

「ごめん、全然平気なんだけどちょっとびっくりして」

三池は早口で言い訳のようにまくし立てながらからから笑ったが、涙はすぐには止まる気配を見せない。

「ホントにびっくりしちゃって、ちょっと。伸下いてくれてよかった、ありがとね」

「……頼むから！」

伸下はこらえきれず声を荒げた。びくりと肩を竦《すく》ませた三池に逆にこっちが怯み、目を逸らしながらトーンを落とす。

「あんな男と付き合うなよ」

たとえ俺と付き合わないとしても、

「お前、あんな男にバカにされていい程度の女じゃないだろ。あまり自分を安く見積もるなよ。じゃないと、お前に最初から弾かれてる隊の男がかわいそうだろ」

隊の男が。──本当は俺が。

仲下は携帯を出してアドレス帳を操作した。どこ掛けるの、とべそかき顔で尋ねる三池に仏頂面で答える。

「うちとそっちの隊長に頼んで外泊ねじ込む。あんなのにぶつかってすごすご帰るなんて胸クソ悪くてやってらんないだろ、呑み直しだ」


仕切り直した店で三池は終始ハイテンションだった。

「あたしも男見る目なさすぎるよねえ！ ちょっとあんまりひどいしょ、あれはー！」

微妙に自虐も入っている気配だが先日のようにウェットなことにはならず、元彼を俎上《そじょう》に載せて笑い飛ばす。それはある意味では健康的な吹っ切れ方だった。

仲下も遠慮なく笑い飛ばす。

「この際だから言わせてもらうが、前々からお前の趣味はちょっとどうかと思ってた！ 狙い澄ましてろくでもないのばっかじゃねえか！」

「ひどーい！ でも反論できねえー！」

仲下も三池と競うように杯を重ねた。途中で三池が今日は仲下も呑むんだねと呟いた。楽しいね、とくすくす笑う。

楽しかったからなのか何なのかペースは上がり、看板で店を追い出された頃には三池は仲下を杖《つえ》にしないと歩けない状態になっていた。隙だらけなのはデフォルトだ。

乗ってきた車は置いて帰って翌日取りにくるしかない。タクシーを捕まえるために表の通りに向かう。

「どこ行くのさ」

「どこも何も駐屯地帰ンだよ、酔っ払ってんのかお前」

と言ってからもうとっくの昔に酔っ払いだということを思い出し、それがツボに入って笑いが止まらなくなった。仲下も大概酔っ払いである。釣られて三池も笑いだし、お互いの笑いが笑いを煽って終《しま》いに横っ腹が痛くなった。

「あー苦し」

やっと笑いが収まると、三池が不意にすがった腕を下ろして手のひらの先で指を絡めた。その仕草が初めてだということは絡んだ指の感触で分かった。こんなに何気なく生々しい感触は三池との間に覚えはない。

「今日、」

帰んなくていいかも、と三池は俯きながら呟いた。

一瞬の躊躇《ちゅうちょ》が冗談で流せる間合いを見失った。確かめるように仲下からも指を絡めると三池の指が応《こた》えた。

うわ何だこれ隙か。だとしたらちょっと今までになくでかい。

「……俺、今日酒入れちゃったからこっちから止まんねえぞ。弾みだったら今離せ」

三池はもっと俯いて、——手をきゅっと握った。

くそ。隙でも何でも止まるかこんなの！

箍《たが》が弾けたように伸下は三池を抱きしめた。


聞き覚えのないアラームが流れ、三池はびくっと跳ね起きた。

枕元をがむしゃらに探ると、ベッドのヘッドボードに作りつけの目覚まし時計である。でたらめに探ったボタンのどれかが当たりだったらしく、アラームが止まる。

部屋はどこかのラブホの部屋で、隣には誰もいなくて三池は服を着たままだった。

目覚ましは隊舎の起床時間の二時間前にセットしてあり、セットしたのはここにいない人物だ。

「うわ、何したあたし」

鈍く痛む頭を振りながら起き上がると、サイドテーブルにメモ用紙を下敷きにした車のキーが置いてあった。キーホルダーに見覚えがある、伸下のものだ。

メモには右肩上がりの見覚えのある字。

起きたら俺の車使って帰ってこい。

追伸　寝落ちで生殺しにするくらいならそもそも煽るな。

「あー悪いことした……」

服も緩めていない状態で寝落ちしたならそれはバカにするにも程があった。

生殺しにする気はなかったんだけどな、などと今言っても言い訳だ。メモを取り上げると光に透けて裏側にも字が見えた。

くるりと返すと、

こんな女を八年好きな俺もたいがい趣味が悪いわ。


「あークソ！」

思わず叫んだ。

「書き逃げか――――⁉　ていうか！」

言えや早く！　などと腹の中で毒づきながら、改めて後悔がちりちりした。

「……寝るんじゃなかったー」

せっかく結構いいタイミングだったのに、とがくりと落ち込み――いや、まだだ。

ここで引いたら次のタイミングが来るかどうかは分からない。伸下がいいかげん八年も引きずったなら、いつ気持ちを片付けたっておかしくない。

伊達や酔狂で国防やってねえんだよ。——三池が一番叩《たた》きつけたかった言葉を代わりに叩きつけてくれるような伸下なのに。

伸下に裏切られたら立ち直れない、それは伸下の存在がそれだけ重いということだ。それだけ重いものを試しもせずに諦めていいのか。

三池は唇を引き結び、身支度のためにやたらとデコラティブな洗面所に飛び込んだ。

＊

起床までまだ一時間以上あるのに携帯が鳴って飛び起きた。同室の奴らのブーイングを浴びながら慌てて廊下へ飛び出す。

着信したメールはもちろん三池だ。キーを返すから駐車場へ来いという内容で、課業後にすればいいものをわざわざ朝っぱらから人を叩き起こす辺りが三池である。

まったくあの女はどこまでも。

ぼやきながらしっとり冷える朝靄《あさもや》の中を駐車場へ向かう。三池は伸下の駐車スペースに車を入れて待っていた。着たまま眠ってしまいわだらけの服が昨夜を思い出させて気まずい。

鍵《かぎ》を受け渡して微妙な間があり、三池が伸下の袖《そで》を摑んだ。

「昨日ごめん」

そんなことを素直に謝られるといたたまれないやら情けないやら。

「でも弾みじゃなかった」

——ってそれマジか。俄には信じがたく怪訝《けげん》な顔をした伸下を三池は顔を上げて睨んだ。

「事と次第によっては次は素面でやってもいい」

「……ちょっとは言葉選ぼうぜ、お前」

やるとかやらんとか、もう少し何とかならんのか。どうやら八年越しで何かが叶《かな》いそうだというのにこの身も蓋もなさは何なのか。

「あたし、今までずっとあんたのこと、隊の男の中で一番信頼してた。だから、あんたに裏切られたらちょっと致命傷なのよ」

三池が何を要求しているのかはすぐ分かった。伊達に何年も一番近くで見ていない。

三池は真駒内に四年目だし、伸下も三年目だ。お互いにいつ転属がかかってもおかしくない。

ああ、お前が今まで何を欲しがってろくでもない男に引っかかって歩いてたかなんて、俺が一番知ってるとも。

「離れて壊れないって保証はお互い不可能だろうけど、少なくとも俺は俺のせいで壊れたときにお前のせいには絶対しない」

それに、と伸下は付け加えた。

「八年引きずったんだから多分けっこうしぶといよ、俺」

三池の顔がくしゃっと歪《ゆが》んだ。そして大きく俯いて「合格!」と怒鳴り、どこまでも暴君だよなぁお前、と伸下は苦笑した。

Fin.

有能な彼女

三十過ぎたらプロポーズするの気後れするよ、多分。

——十年来の友人の忠告はどうやら現実となりつつある。

＊

艦は予定の航行を終えて夕刻に横須賀《よこすか》港へ入り、潜水艦埠頭《ふとう》へ着岸した。

着岸後の艦内業務を終えて上陸第一陣から下艦することになる。夏木大和《なつきやまと》二尉も今回は第一陣の幸運に与《あずか》っていたが、何かと雑務が残ってずるずる艦内に居残っていた。

雑用は長引く気配が濃厚で、夏木は作業の合間にセイルへ上った。電話を掛けたかったのだが、甲板には警衛が立っているので私用電話はしにくい。

昇降筒の真上にはハッチの形で朱の刷《は》けた暮れかけの空が開いており、どうやら先客がいるようだ。ラッタルを上ってハッチから顔を出すと、上部指揮所で友人が携帯を使っている最中だった。夏木と同じく二尉の冬原《ふゆはら》である。夏木を認めて目で挨拶《あいさつ》をし、セイル上に上がって指揮所を空けた。

「……うん、もう入港したからね。夜には帰れると思うよ。でも子供たちが起きてる時間は無理かなぁ」

日頃は辛口な発言の多い男だが、家に電話をするときは打って変わって声が甘くなる。

「じゃあまた帰る前に電話する」

話を切り上げながら最後に添えたのは、日本人男性が口に出せるなど夏木には信じられないベタ甘な文句だ。夏木だったら言えと誰かに刃物で脅されたら考えないでもないが、先に刃物を奪うことを試す。

「夏木も彼女に電話？」

携帯を畳んだ冬原に訊《き》かれ、ああとかまあとか曖昧《あいまい》に濁す。

「——後にする」

ちょい待ち、と戻ろうとした夏木の襟を後ろから冬原が軽く引っかけて捕まえた。

「いざというとき気後れすんのあんたの悪い癖だよ。俺ならすぐ消えてやるから今掛けな。ここで後回しにしたら隊舎戻るまで掛けないし、隊舎戻ったら時間遅いからって掛けないでしょ」

さすがに十年来の付き合いだけあって、冬原の予測はいやな具合に信憑性《しんぴょうせい》があった。

「待ってるほうは長いんだから。それでも待ってくれてんだからまめにならないとバチが当たるよ」

航行中に外部との連絡がほとんど取れない潜水艦は、海自のあらゆる隊の中で最も恋愛難易度が高い。もしかしたら陸海空の中でもダントツだ。そもそも出会いが極端に少ないうえに、継続することが難しい。

別れの理由は自然消滅がぶっちぎりで多く、次点は航海中に相手に男ができて振られる。海自隊員と付き合うということは待つということだ、とはよく言われることだが、潜水艦はそれを更に極端にした感じである。

携帯電話が普及してから海上艦では少しは航海中の連絡が取りやすくなったというが、潜水艦は連絡の取れる寄港地に着くまで延々水中航行ということも珍しくないのだ。

相手が待てるか待てないか。この一点に恋愛の命運が賭《か》かっているといっても過言ではない。そして待てなかったとしても、それは元々無茶な待たせ方をさせることが大前提のこちらが文句を言えた筋合いではない。

それも相手が五つも年下だと来れば余計にだ。

「待ってんのかな、まだ」

もう待っていないかもしれない、というのは連絡しようとするたび毎回思う。

冬原が小さく笑った。「意外とそういうとこは臆病《おくびょう》だよね、あんた」

ほっとけ、と夏木は仏頂面になった。

「お前みたいに色々ソツなくないんだよ」

「言っとくけど俺、それほどソツなくなかったよ。あんまりまめじゃなかったから何度も泣かせてるし。今でもメールが短いってよく怒られる」

まめにならないとバチが当たる、というのはそうした経験から来ているのだろうか。

「それに聡子《さとこ》と望《のぞみ》ちゃんだったら、たぶん望ちゃんのほうがずっとタフだよ」

うちの奥さんけっこう泣き虫だからなぁ、とこれは愚痴に見せかけてのろけだ。

「ま、早く電話して喜ばせてやんなよ」

言いつつ冬原は昇降筒に姿を消した。それを見送って携帯を開く。恋人の「森生《もりお》望」は電話帳で一番呼び出しやすい位置に登録している。

一番掛けやすくしてあるのは、実は一番掛けるのに気力が要るからだ。

ここで掛けとかなかったら冬原から話が回るからな、と言い訳がましくボタンを押す。冬原と望は夏木に関して昔から共闘関係にあり、連絡をぐずぐずしているうちに冬原から帰港を知らされた望がヘソを曲げたことが何度かあった。そうなると望の機嫌を取るのはなかなか骨なのだ。

電話はコール二回で繫《つな》がり、

「はい望です！」

名前のほうで名乗った声のテンションの高さにああまだ待たれていたとほっとする。

「夏木です、今日戻りました」

第一声は癖で何となく敬語になり、それから「久しぶり」と付け加える。前回の寄港地から電話を入れられたのは一ヶ月前だ。

元気だったか、と更に繋げると望が電話の向こうで元気ですと答えながらしのび笑った。

「え、何」

「夏木さん、電話くれるとき最初の台詞《せりふ》そこまで必ず一緒だから」

「……そうだっけ？　つーか覚えてんなよそんなの」

「ひどーい、好きだから覚えてるのに」

「からかうなバカ」

バカと口走ってから電話のこちらで軽く顔をしかめる。口の悪さで揉《も》めることが今まで何度もあったのにとっさの暴言はどうしても直らない。初めて会ったときからそうだった。その当時はひっそり傷つかれたり泣かれたりするのが主だったので、喧嘩《けんか》になるのは夏木にはありがたい傾向である。

タイミングによっては些細《ささい》な言い回しから絡んでくることもある望だが、今回は機嫌がいいのかスルーされた。

「今回どれくらい居られるの？」

「一ヶ月くらいかな」

曖昧に答えた夏木を望は敢《あ》えて問《と》い質《ただ》さない。入出港のスケジュールを明確にできないことを分かっているのだ。

「分かった。じゃあいつものウィークリー手配しときますね」

会える期間が短いうえに望も実家住まいなので、入港の間はウィークリーマンションを借りて一緒に過ごそう――というのは、去年だったか望からの提案だった。

いや、それはさすがにちょっと。とうろたえたのは、初めて会ったとき学生だったのを気持ちの上で引きずっていたのと、なまじ相手の家族を知っているだけに後ろめたかったからだ。

今さら何言ってるんですか、いい加減この年になってるのに朝帰りとかして何にもないなんて今どき誰も信じませんよ。――それを言われると痛い。

望に対して恋人というポジションを確保していて、しかも拒否されているわけでもないのに何もしないでいられるのは不能かホモかどっちかだ。

「いつ会えますか？」

「取り敢えず今週いっぱい上陸休み」

「……オッケー、明日からいつものとこで取れました。夏木さんの名前で借りたから昼間のうちに鍵《かぎ》受け取って部屋開けといて。私は勤務終わったら直接行きます」

事務処理能力に長《た》けた有能な恋人は、電話をしながらネットでさっさと部屋の手続きを済ませたらしい。

最初に押し切られたときもこんな感じだったと一年前を思い出す。夏木が大台に乗った年で、望は二十五歳だった。

＊

初めまして。

初めて会ったときはもちろん初めましてだ。

出会いはとある事件が元で二段構え。最初は学生として、次は防衛省の技官として夏木の前に現れた望は空白期間の間に押しの強いしっかり者に成長しており、てきぱき連絡先を交換させせられて交際に持ち込まれた。

好きです、付き合ってください。

再会してから押されるばかりだったので、それはせめてこっちから言いたかった――と渋い顔をしていたら望は対抗して膨れっ面になった。

「夏木さんみたいに口が悪くてデリカシーのない人、追いかけてまで付き合いたいなんて私くらいしかいないのにひどい」

お前のその言い草はひどくないのか。

「あーあー俺なんかと付き合って頂けまして誠にありがとうございます、だ」

カチンと来た反射で何も考えず憎まれ口を返したらいきなり泣かれた。

「嫌ならいいです。ごめんなさい」

言うなり帰ろうとして焦った。え、何で。怒るのはいい、けど何でいきなり泣きながら帰る。

取り敢えず腕を捕まえて、路上だったのでこの期に及んでもその場で抱きしめるなんて真似はできずに押し問答になった。

「そっちが先に憎まれ口叩《たた》いたんだろ、何で俺が返しただけで泣くんだ」

本気でそんなことを訊いたのだから我ながら救いようがない。だって、と望がしゃくり上げる。

「夏木さんすごい迷惑そうな顔したじゃないですか」

ああそうか、と事ここに至ってようやく理解した。

要するに憎まれ口ではなく拗《す》ねて様子を見ていたわけで、だとしたら自分の切り返しは最悪だ。

「ごめん」

舌禍なら無尽蔵に生み出せるが、それを避けようとすると何と言葉の難しいことか。

「俺が先に言いたかっただけなんだ。すまん。迷惑だなんて全然思ってない。悪かった。ていうかむしろ付き合いたい。ごめん。お前のこと好きなんだ。すまん」

一言ごとの合間にやみくもに謝罪を挟む戦法は何とか誠意だけは伝わったらしい。望は泣きながら「ずるい、怒ってられないでしょう」とこらえかねたように吹き出した。

「ごめん」

「イヤー、もうやめてー！」

もはや夏木の謝罪そのものがツボに入ってしまうようで、望は体を折って引き笑った。図らずもものすごい道化だ。でも泣かれるよりはよっぽどいい。

「頼むから怒ってて」

夏木が頼むと望は怪訝《けげん》な顔をした。

「それ普通は笑ってて って言うとこじゃ……？」

「いや、俺こんなんだから。口悪いのも仏頂面も直るもんならもう直ってるから」

好きこのんで泣かせたくないから努力はするが、夏木には自分の物言いと表情が芯《しん》から穏和になった姿は想像がつかない。

「俺、これからもいらんこと色々言うと思うし、バカなことで揉めると思うけど、お前は怒っててほしいんだ。お前に泣かれるくらいなら怒られるほうがマシなんだ」

望はその後、できるだけその希望に応《こた》えてくれている――らしい。「今のはひどい」「腹立った」そんなことで突っかかってくる喧嘩が増えて、自分が何の気なしに過ごしているとうっかり望を傷つける回数の多いことに我ながら愕然《がくぜん》とするばかりである。

いくら上陸日数が少ないとはいえ、付き合いが三年続いているのはすべて望のお陰だと言っても過言ではない、と思う。

＊

上陸した翌日、隊舎に限度日数いっぱいまで外泊届けを出して大荷物で外出した。外泊期限が切れたらまた改めて届けを出し直す。隊舎外に下宿を借りている隊員はこの方式でほとんど隊舎にはいないことが多い。

届けを受け付けた隊長は「また期間同棲《どうせい》か」とからかい声をかけた。反応すると思う壺《つぼ》なので「ええまあ」と何気なく流す。

「ていうか、何でお前ら結婚してないんだ？　もう半分がた結婚してるようなもんだろが、上陸の度に転がり込むんなら。お前ももういい年だろうに」

悪気なくデリカシーがないのはどうやら夏木だけでなく隊全体の通弊か。

「潜水艦乗りは婚期が遅いですからね。俺くらいの年で独身なんて珍しくないですよ」

潜水艦乗りに限らず、かなり階級が上がっても独身のまま隊舎住まいの隊員は多い。

「出会いがないからだろ、そりゃ。お前、あんだけキレイな彼女がいてそんな理屈が通るか」

彼女が防衛省勤務だというところがときどき鬱陶《うっとう》しい。彼女の素性から何から全部筒抜けだ。一度など望の部署替えを夏木より先に別の隊員が知っていたことがある。恋人の情報を他人から知らされるのは微妙な気分だ。

「聞けば優秀な技官だって言うじゃねえか。自衛官にはこれ以上望めない相手だろ。何が不満でいつまでも独身主義だ」

別に不満があるわけじゃねえよ、つか不満とかあるわけねえだろよりにもよって俺から望に！

勘弁しろよおっさん、と内心顔をしかめたつもりが実際に顔をしかめてしまったらしい。隊長は身を乗り出して本格的に説教面になった。

「いつまでも好かれてると思って胡座《あぐら》かいてたら逃げられるぞ。同じ部署で狙ってる奴らが山程いるらしいぞ、あの子。潜水艦乗りなんてお前、一年のおおかた陸地にいねえのにのんびり構えてて後で泣いても知らんからな」

痛いところを無遠慮につついてしかも本人は心の底から善意のつもりなところが救われない。確か婚期をどうこう言うのはセクハラだったんじゃないのか、とうろ覚えの知識を引っくり返すが、雑な男所帯で男同士にそんな観念が適用されるわけもない。

「彼女と約束があるんで」

会うのは夜だが、望をダシに夏木はその場から逃げ出した。

事務所で鍵をもらって割り当てられた部屋を開けると、しばらく閉め切られていたため か少しほこりっぽい臭いがした。

布団を干したり掃除機を掛けたりしていると部屋のインターホンが鳴った。何か手続き に不備でもあったかと出ると、

『夏木さん、俺。翔《かける》』

望の弟である。望が高校生の頃こちらは小学生だった。望と付き合い始めてからは恋人 の弟というポジションで良好な交流が続いている。

玄関を開けると翔は玄関先に旅行鞄《かばん》を投げ込んだ。

「事務所に姉ちゃんの荷物を届けに来たんだけど、管理人が借り主がもう来てるって言う から」

言いつつ勝手知ったる感じで部屋に上がり込む。

「背ぇ伸びたか？」

以前に会ったときより背が高くなったような気がして訊くと、翔は部屋に上がりながら へっへと少しオヤジくさく笑った。

「まだ伸びてっからね。そのうち夏木さん抜くよ」

ダイニングテーブルに座った翔に買い込んできていた缶ジュースを放る。

「学校は？」

「今日は休講だから。休講じゃなくても命令されんだけどね、どうせ」

「意外と人使い荒いな、望」

「意外と ― !? 騙《だま》されてるよ夏木さん」

ちらりと翔がリビングのほうを見やった。出しっぱなしの掃除機を見て、

「夏木さんだって先に掃除させられてんじゃん」

「いや、これは俺が勝手にやってるだけ」

今度は翔が意外な顔をする。「意外とまめだね」と率直な感想だ。

「この年まで自衛官やってりゃ料理以外は大抵身に付くからな。それにあいつ、埃《ほこり》で軽いアレルギー出るだろ」

一緒に過ごすようになって気づいたのだが、翔は大仰に顔をしかめた。

「ほっときゃいいよ、家では目ー痒《かゆ》いの我慢して自分の部屋なかなか掃除しないんだぜ。確かに仕事忙しいんだろうけどさぁ」

でも、と笑って付け加える。

「大事にしてくれてんだね」

大事だからな、なんてことはさらりと返せる性分ではないので曖昧に流す。

「何で結婚しないの？」

こんどはこっちか、と隊舎でのダメージが復活していない折からテーブルに突っ伏した。

「意外と無精だから？　料理が下手だから？　料理は確かに致命的なんだけど、一応本人も気にしてて去年から料理教室通ってるよ」

「だからねえよ不満なんか！」

脈絡のない「だから」に翔が怪訝な顔をして、夏木は気まずく目を逸《そ》らした。

「……望が何か言ってたのか」

こんなところから気配を探ろうというのもいじましいが、何しろ本人には切り込めない。

「何にも言わねーから家族でたまに気ィ揉んでる。ちゃんとうまく行ってんのかねって」

いたたた、と目に見えない何かが脇腹に刺さる。

「気にして……るよな、そりゃ」

「まあねえ、やっぱ家族だし」

「いや、俺もこういう中途半端なのは申し訳ないかと思うんだけど」

と何を二十歳の若造に真面目に相談する局面に追い込まれているのか。

挨拶なりするべきか、というのは望からウィークリー案が出たときから思っているが、将来的なコンセンサスが取れてもいないのに挨拶というのも先走っているような気がするし、家族に挨拶するなどとこちらから言い出すのもある特定のコンセンサスを迫っているようで憚《はばか》られ、結局は「家族は反対してない」という望の主張にそのまま流された。

必要ならいつでも顔を出す、とは言ってあるが望がそれを頼んだことはない。

「あ、いいのいいのそれは。姉ちゃんが押し切ったの分かってるし、それなら相手が夏木さんのほうがうちとしてはまだしも安心。避妊失敗したら死んでも責任取りそうなタイプって俺からも言ってあるし」

うわー生々しい話するようになったなぁこいつ、と無邪気な当時を思い出して目が遠くなった。

「ただねー、姉ちゃんのほうがああいう女でしょ。我が強いし人の言うこと聞かねーし。うちらとしては夏木さんに見限られたらもう次の男なんか見つかんないんじゃないかって心配で」

そんな言うほどきついかなと内心で首を傾げつつ、

「——心配しなくてもいくらでも見つかるって」

多少投げやりな返事が滑り出たのは、隊舎で聞いたばかりの噂が気になっていたせいだ。

——同じ部署でも狙ってる奴らが山程いる。距離の点ではそいつらのほうが圧倒的に有利だ。

翔は唐突で微妙な弱音に戸惑ったような顔をしていた。

望が帰ってきたのは十時近かった。

インターホンで名前だけの短い名乗りに玄関を開けると、望の第一声はこぼれるような笑顔で「お帰りなさい」だった。

ああクソ、ここでお帰りなさいって来るとこちょっとたまんねえよな——自分が疲れて帰ってきてるくせに。

頷《うなず》きながらお帰りと返すと、「だめ、失格」といきなり駄目を出された。

「ちゃんとただいまって言って、三ヶ月ぶりに帰ってきたんだから」

「ああハイ、ただいま。んでお帰り」

「ただいま！」

言いつつ玄関に上がった望が鼻をひくつかせる。「カレーだ」

「ああ、作っといた。もう外出るの面倒だろ」

本当は外食の約束だったが、望から帰りが遅くなるとメールが入ったのだ。翌日に急遽《きゅうきょ》有休を入れたので仕事に巻きが入ったらしい。

「わぁ嬉《うれ》しい！　夏木さんのおいしいんだよね」

と、これは微妙に乗せられているような気がしないでもない。誰でも平均的に同じ味が作れるはずの市販のルーだ。料理が苦手な望は隙あらば当番を逃げようとする。

「おだてても休み明けたら当番制だからな。こっちが早いときは作ってやるけど」

「えー、そういうつもりじゃないもん。それに今回は今までの私じゃありませんから！」

「ああ、料理教室通ってるんだって？」

つるっと口を滑らすと間髪入れず望が目を怒らせた。「誰から聞いたの⁉」問い詰めた直後に情報源が一人しかいないことに気づいたらしく、頬を膨らませる。「もう、余計なこと言って！　男のくせにお喋《しゃべ》りなんだから！」

余計な姉弟《きょうだい》喧嘩の種を蒔《ま》いたかと今さらフォローを入れてみる。

「別にいずれ分かることだろ」

「教室に通ってるのは伏せとく予定だったんです！」

「ていうかなお前、いくら伏せてもお前が自然に巧《うま》くなったとか無理ありすぎだからな」

「ひっどーい！」

帰宅早々雲行きが怪しくなり、夏木は慌てて話を変えた。

「珍しいカッコしてんな、今日」

明るい色のアンサンブルでボトムは膝《ひざ》丈のスカートだ。いつもは私服も通勤着もパンツばかりで、それもシックな色合いが多いのでそのキレイ目の色が目に引っかかった。

職場にキレイな格好見せたい奴でもいるのかな、と卑屈な思考に走ったのは隊舎の呪いがまだ効いている。

望はへっへと昼間の翔と似た——つまり、少々オヤジくさい笑みを浮かべた。それから照れ隠しかVサイン。

「夏木さんが帰って初めて会うからちょっと色っぽくしてみました。嬉しい？」

うわ俺サイテー！　と精神的クリティカルがガツンと入る。

「あ、何かテンション低い。……嬉しくないんだ？」

望の声が冗談で済まない低気圧を帯びた。やばい、と慌ててテンションを跳ね上げる。

「嬉しいって！　嬉しくないわけねーだろ、こんなキレイな彼女が自分のためにカワイイ格好してくれて！」

「全然心が籠《こ》もってない。っていうか、夏木さんは素の状態でそんなキレイとかカワイイとか連発しない。何か後ろ暗いことがあるときしか」

何バカなこと、と内心焦りながらかわすが望の追及は鋭い。

「じゃあ何で嬉しそうじゃなかったの」

うわぁ早くも嫌なループに突入か。「テンションが低い」が「嬉しそうじゃなかった」と一段ネガティブな方向に変換されている。長引くときの前兆だ。

「いや、だからそれは驚いたっていうか……ほら、あんまり着飾ってるから」

「着飾ってる!?」

しまった、と内心臍《ほぞ》を噛《か》むが遅い。ここぞというとき言葉の選択をぞんざいに間違える自分の性分がつくづく憎い。

「違う！　あんまりキレイだったから！　言葉の綾《あや》だ深く考えるな！」

「でも着飾ってるって言った！　着飾ってるってあんまりいいイメージじゃないですよね、どうして三ヶ月ぶりに会う彼女にそんな嫌な感じの言い方が出てくるの⁉」

「どうしても何もない！　口が悪いの知ってるだろ、悪意じゃないんだ信じろ！」

などと言っても無駄なことを夏木は知っていた。一度引っかかると望は長引く。そして夏木は言葉を決定的に間違えた。着飾るとは我ながらひどすぎた。もっと他にあっただろ何か。

日付が変わる前に終わるのか、と夏木は絶望的な気分で壁の時計を見上げた。

――それでもテンションが下がった理由は最低すぎて言いたくなかったので、話は随分長引いた。いつの間にやらリビングで膝詰めである。

望は何故「嬉しそうじゃなかったか」に延々こだわり、夏木は説得力のある回答を提示できず、話は望がもう一生スカートを穿《は》かないというところまでエスカレートして、夏木はそれを説得して思いとどまらせる立場になっていた。

望の噛みつく勢いが落ちて、膨れっ面で黙り込む間合いが増えてきた。そろそろ頃合いかと夏木がそっと時間を確認すると、もう日付が変わる間際だ（露骨に時計を気にすると今度はそれが理由でまた別の闘争が勃発《ぼっぱつ》しかねない）。

そろそろ収拾をつけたいところである。

「……な。そろそろ終わんねえか」

　望は膨れっ面のまま横を向いているが、口を利かないのは望のほうも終わりたい合図だ。ここで間違わなければ終わる、というのも今までの付き合いで把握している。

「せっかく久しぶりなのにこのまま喧嘩してんの辛《つら》い」

　軽く同情を引いてジャブを入れる。望には効くはずだ。

「どうしたら勘弁してくれる？」

「私の機嫌が直るようにして」

　また難問を。などとお題に文句を言えた立場ではない。

「……望はきれいだしかわいいし、もちろんスカートだって似合うし、今日のスカートももちろんかわいい。そもそもきれいだと思わなかったら俺が服のことなんかわざわざ口に出さない。そうだろ？」

「そういうことじゃなくてっ」

　声に拗ねる色が混じる。ああここで冬原みたいにしれっと愛してるよとか口に出せたら劇的に逆転するんだろうけどなぁ、としばらく努力してみるが、誰も刃物を持って迫っていないのでやっぱり無理だった。

　せいぜい努力はしたが、――ごめん今は（ウソ、多分今後も）これが精一杯。

「好きだよ。航海中お前のことしょっちゅう考えてた」

触っていいかと訊くと頷いたので、引き寄せると望から抱きついた。

「ごめんなさい、帰ってきたばっかりなのに喧嘩して」

呟《つぶや》く声がつっかえつっかえなのは泣き声を我慢しているせいだ。こちらのほうが一方的に後ろ暗いので謝られると逆に痛いが、その謝る理由やタイミングがやみくもに愛《いと》おしい。

泣かれるより怒られてるほうがマシ、という夏木の頼みを懸命に守ってか喧嘩のときは泣かないのを知っているので余計だ。

仲直りしたからもう平気、と背中を叩いてやるとやっと泣き声が漏れた。ごめんなさいと好きを交互に呟きながら泣かれるとかなり来る。

泣きやんでから晩飯は後にしようとか言ったら怒られるかな、なんてことを考えながら、結局作っておいたカレーは翌日の朝飯になった。

＊

付き合い始めたとき、夏木は二十八で望は二十三だった。

若くて美人で積極的、しかも半ば押しかけの彼女の存在は周囲の羨望《せんぼう》の的だった。それまでの夏木と言えば、わずかな出会いを必ず舌禍で潰《つぶ》す癖《ヘキ》の持ち主でむしろ哀れまれる側だったのである。

入隊当初から冬原と並んで一種の問題児だった夏木は隊の内外でも無駄に知名度が高く、その夏木をわざわざ押しかけで籠絡《ろうらく》した望が横須賀でちょっとした有名人になったのは、半ば必然の成り行きだった。

何でも高校生のとき夏木に一目惚《ひとめぼ》れして、それからずっと一途《いちず》に思い続けていたらしい——という噂は事実とかなり異なるのだが、夢見がちな飢えた男どもがいかにも好きそうなディテールだったのでまことしやかに囁《ささや》かれた。乳臭いガキが美人に育って再会という構図もウケたようだ。

若くてきれいな彼女で羨《うらや》ましい、ずるい、というのが隊員たちの単純かつ圧倒的な意見であり、ことあるごとに冷やかされるのが夏木にはかなり重荷だったが、そんな中で冬原だけがあるとき穿《うが》った意見を述べた。

望と付き合い始めて一年くらいだったか、後輩の結婚式に呼ばれたときのことである。披露宴も後半に入り、大分座がくだけてきた頃に冬原が不意に尋ねた。

「夏木は望ちゃんと結婚とか考えてるの？」

これがほかの連中なら「うるせえほっとけ」の一言で済ますが、相手が冬原なら単なる冷やかしや興味本位の質問ではない。夏木と望の出会った経緯《いきさつ》に立ち会っている冬原が、望を単なる野次馬的興味の対象にするわけがない。

「いやそれは……まあ」

新婦のドレス姿を見ながら望のことを考えたのは事実である。望だったら和装と洋装とどっちが似合うだろうかとか、望ならどっちでも綺麗《きれい》だろうなとか、——そしてもちろんそれを見たいとも。

「できればいずれは……」

微妙に歯切れが悪いのは色恋沙汰《ざた》が不得手な性格によるもので、付き合いに何か不安があるというわけではない。

「望ちゃんとそういう話してる？」

「いや別に」

まだ付き合って一年目だし、望もやっと社会人一年生だ。いずれは、という漠然とした希望はあっても、今すぐそれを具体的な話にするのは唐突すぎる。そうでなくとも船乗りの恋愛は距離が枷《かせ》になる分歩みが遅い。実質的に恋人らしい距離にいられるのはせいぜい一年間に数ヶ月、しかもその余暇だけだ。その状況に危機感を覚えてさっさとまとまってしまう者も多いが、それは一方的に決められることではない。

「まだ早いだろ。望まだ二十四だぞ」

「うち二十五で結婚したよ」

「いやでもそっちは同い年だろ、確か」

「あ、何だ自分で分かってるんだ？」

分かってるって何が。怪訝な顔になった夏木に冬原は真顔で言った。

「今のうちからちょっとはそういう話もしといたほうがいいよ。下地作っとかなきゃ三十過ぎたらプロポーズするの気後れするよ、多分」

気後れという言葉がリアルに響いた。——それは多分すでに感じている。

五歳の年の差は意外と大きかった。

夏木のほうはもう三十歳目前で、鮮烈に恋人ができてからというもの上官からも結婚はいつだと悪気のない外圧がかかっている。今まで恋愛でしくじってばかりの部下を案じてのことではあるが、プレッシャーとしては重い。

特に隊舎では、仮にも幹部自衛官がいつまでも独身隊舎でごろごろしているというのはどうかと直接的な苦言も食らう。とっとと結婚して官舎に移れ、とは相手もいない頃からぶつぶつ言われていたので相手ができた今となっては余計だ。

対して望は二十四の若さで仕事に意欲も夢もあり、社会人としてはまだまだこれから、結婚を焦る要件は何もない。

これを自分の都合でさっさと家庭に縛りつけてしまうのはどうかとか、いや縛りつけるつもりはないがやはり結婚したら仕事のうえで枷になる局面が出てくるのではないかとか、自分が焦る必要がないのに結婚を迫られるのは重荷なのではないかとか、——そもそも望の側に結婚の意志があるかどうかすら夏木には推し量れていない。

そして推し量ろうと自分を顧みると、口は悪いわ気は利かないわ、重なる喧嘩も原因は圧倒的に自分ばかりでとてもじゃないが結婚相手として優良物件とは思えない。

そのうえだ。

「どう考えても俺は主流じゃないしなぁ」

防衛省そして自衛隊という組織で、主流となるのは常識的で有能な人材だ。これは平時の組織が必然的に陥る傾向だが、夏木や冬原はといえば若い頃から露骨に有事の人材で、つまり平時にはアクが強すぎる。

何しろ滑り出しの実習時から潜水艦ジャックを想定した対テロ訓練などと吐《ぬ》かして上官に無断で模擬戦闘をやらかし、停泊中の艦内を大パニックに陥れたというコンビである。このとき懲戒免職にならなかったのは当時育ててくれた艦長の温情だ。

お前たちは有事に役立てばいい、とその艦長は言ってくれたし、有事の人材も軍事組織としては不可欠だろうが、平時はできるだけ目立たず隅っこにいてくれというのが主流派の本音だろう。いい加減この年にもなれば自分が一生その位置づけだということも悟っている。

そして望はといえば、配属された部署で早くも評価されつつあるらしく、主流派として前途も洋々だ。

将来有望な女性技官が潜水艦隊きっての問題児と付き合っていることも周囲からすれば

どうなのか、それも結婚なんて。弱気になると一気にそこまで思考が転落する。よりにもよってアレと付き合わなくても、と思っている奴は陰に日向《ひなた》に多そうな気がする。

「望ちゃんは主流じゃないお前が好きなんだろ」

冬原は窘《たしな》めるような口調でそう言った。

「引け目あるのも気弱になるのも分かるけど、そこだけは疑うなよ」

けっこう強いその口調に、もしかして冬原も結婚するまでに色々あったのかなと思ったがそれは結局聞き損ねた。


その結婚式でもらった引き菓子が何でも新婦ご推薦の有名な洋菓子屋で誂《あつら》えたものだというので、次に望と会ったときに持っていった。

夏木も甘いものが嫌いなわけではないがそれほど好きなわけでもなく、どうせなら味が分かりそうな人間が食べたほうがいいだろうと思ったのだ。望は実家暮らしなので夏木が持て余す量もちょうどだろう。

入った喫茶店でもらった紙袋ごと渡すと、望は中身を覗《のぞ》いてわあっと声を上げた。

「ここおいしいんですよね、嬉しい」

包み紙だけで店が分かったらしい。さすがに女はこういうのは詳しいんだなと微笑ましかった。

「何か新婦が気に入りの神戸だかどこだかの店らしくてな。お前も好きならよかった」

それから自然な流れでその結婚式の話になり、ああ今だったら何気なく切り出せる流れかもとタイミングを計った。「いつかそうなりたいな」とかそれくらいに軽く。

と、望が不意に「そういえば」と声を上げた。

「こないだ高校の同窓会があったんだけど、同級生の女子がもう何人か結婚してたんですよね」

もしかしたらそれは逆に話を突っ込むチャンスだったかもしれないが、「もう」という表現に気持ちが釘《くぎ》を刺された。

もう、という言葉は「早い」という感想が下敷きになければ出てこないだろう。

「私たちってもうそういう年なんだなってびっくりしちゃった」

うわこれは微妙だ。踏み込めるのかどうか迷い、結局気持ちに刺された釘が勝った。

「でもまあ、そういうのは人それぞれじゃないか？」

無難な返事は「そうですね」と無難に流され、その日は話題が結婚のことに戻ることはなかった。

「もうそういう年なんだなってびっくりしちゃった」——いつなら「もう」じゃなくなるのかと考えるとそれはやはり一年やそこらではないだろうという感じがして、冬原が忠告した三十歳は手も足も出ず過ぎた。

その間に進展したと言えるのは望が提案した変則同棲だが、それも一緒にいられる時間が少ないからという以上の言質は取れていない。

いざ三十歳になると気後れはますます重くなり、身動きが取れなくなっている間に今年はもう三十一でそれも半ばを過ぎている。

*

望が出勤中の平日の昼間、冬原が電話で予告を入れて部屋を訪ねてきた。

「いいのかお前、子供にべったりしてなくて」

子供に顔を忘れられるというのは船乗り共通の悩みで、冬原も例外ではなく休みの間は子供とのスキンシップに余念がないはずだ。

「二人とも幼稚園だから昼間いないんだよね」

「あー、もう下も幼稚園だっけ？」

「俺の休み中休ませてって言ったら怒られちゃった」

いいじゃん一週間くらい、と冬原は口を尖《とが》らせている。どうやらよっぽど駄々を捏《こ》ねて叱られたらしい。

「あ、これ聡子から。容器いつでもいいって」

ソファに陣取った冬原が紙袋を渡した。タッパーがいくつか入っており、中身は煮物のようだった。望も夏木も大して料理ができるわけではないので、夫人がたまに気を遣ってくれる。どうやら今日の冬原はお使いのようだ。

「悪いな、奥さんによろしく」

ありがたく頂いて冷蔵庫にしまう。代わりに出した飲み物は翔のときとは違い遠慮なくビールだ。

「どうだった、そっち」

訊くと冬原はちょっと傷ついたような顔になった。「やっぱヨウには忘れられてた」というのは下の長男の話だ。ちなみに上の長女が「海《うみ》」で下が「洋《よう》」、船乗りらしい名付けである。

「泣くもんなー、傷つくよ」

「目下のところそれが悩みか」

「そうだねえ、後はもう一人欲しいかなーとか。でも俺いつも家にいないから聡子に負担がかかり過ぎるしね」

二人の子供の出産は出航中で立ち会えなかった冬原である。

「そうだよなぁ。船乗りと結婚するとそういうのはどうしてもな」

海自隊員の留守を守る奥さんというのは実際のところすごい。出産ですら立ち会えるかどうか分からないのだから、普通なら旦那《だんな》を当てにできる局面でも旦那はまず間違いなく不在だ。

勢い家の不具合は何もかも一人で処理することになり、聡子夫人など結婚する前は鋸《のこ》も引いたことがなかったのに今では冬原より日曜大工やちょっとした補修点検は巧いという。

もっともこれは官舎が総じてボロであるという事情も含みだが。

そんなことも考えると気後れはますます増大する。

やっぱ大変だよなぁ、と呟くと冬原は耳ざとく目を上げた。

「何か悩んでんの。結婚問題？」

「あー……」

肯定も否定もしかねて口籠もると、冬原は「あんたもそろそろ外圧きついしね」と勝手に納得した。

「望ちゃんとそういう話は出てないの」

「出てない」

はぁ？　と冬原は遠慮会釈なく怪訝な顔をした。

「上陸の度にこういうことになってて何も？」

「別に同棲したからって結婚に直結しないだろ」

「何となくずるずる始まったんならともかくさぁ。こんなに目的意識の高いアグレッシブなパターンもそうはないでしょ」

「望がそう言ったわけじゃない」

結婚を前提としてという話はどちらからも出ていない。言質は未《いま》だに取れていないのだ。

「まったくあんたはクジラに乗ってるときは強気なくせに……」

クジラというのは冬原の夫人が潜水艦に使った比喩《ひゆ》である。のろけ話で何度か聞いた。

「降りたらてんで弱気だね。正に陸に上がったクジラ」

冬原の呆《あき》れた顔がけっこう素直に刺さった。

「……いや、今は仕事も忙しそうだしそういう話も重荷だろうし」

「言っとくけどあの子、順調に主流のコース乗ってるからね。仕事辞める気なさそうだし、いつまで待っても暇にはならないと思うよ」

棚上げの理由を容赦なく潰されて本格的にへこんだ。

「ていうか。俺は望が好きだけどあいつにはもっといい奴がいるんじゃないかって。俺は性格もこんなだしうっかり傷つけてばっかだし」

「よっぽどこたえてんねぇ」

俺の前で彼女が好きとか言うなんて、と半ば感心したように呟いた冬原に内心しまったと思ったが、言ってしまったものは仕方がないのでこの機に乗じて愚痴を吐く。

「今回なんか初日で喧嘩だぞ、自分が嫌んなる」

「喧嘩なんて両方悪いもんでしょ」

「望悪くねえよ、俺だ」

確かに望にも些細な文言や気配に引っかかる癖はあるが、それは大した問題ではない。

「疑ったんだよなぁ、俺」

「何それ」

冬原は身を乗り出してくるが、夏木としては話しづらいネタだ。

「望が珍しくちょっと女っぽいカッコしててさ。ちょっと隊舎で余計な話吹き込まれた後だったから、反射で職場に誰か見せたい奴でもいるのかなって思っちゃったんだよなぁ。そしたら俺に見せたかったって話でさ。反応すげえ微妙になって怒らせた」

「わぁ、けっこうサイテー」

分かってんだからとどめ刺すなよ、と顔をしかめると、冬原は「でもそれは無理もないかもよ」とフォローを入れた。

「離れてると不安だもん、やっぱり。俺もやったことあるしさ。変な男に付きまとわれてたの、乗り換えられたって勘違いしたことあるよ。しょうがないじゃん、俺らの立場って絶対的に弱いし」

仲直りしたんでしょ、と訊かれて夏木は頭を抱えた。

「初日なのに喧嘩してごめんなさいって謝られた」

いったー、と冬原も苦笑する。「すげえかわいいけどたまんないね」

「そうだろやみくもにかわいいだろ、これを疑った俺は一体とか思うだろ」

仲直りしたとはいえ、罪悪感が帳消しになるわけではない。

「でも約束があったら多少は楽になるよ。俺、婚約してからかなり楽になった」

さすがに先人の言葉には重みがあるが、そんな話すらできていないのに婚約というのは展開が大きすぎる。

「別にすぐ本格的な話にする必要はないしさ。口約束でも相手と意志の確認ができてたらけっこう楽だよ。今回はいいタイミングなんじゃない？——ていうか、今言っとかないと辛いよ」

次の航海は今回よりも長くなる。そのことを言っているのだ。

「心配しなくてもあんた自分で思ってるよりはいい男だからさ」

冬原はビールを三本呑《の》んで、子供の迎えに間に合う時間に帰っていった。

＊

勤務中の望を一度見たことがある。

　一年ほど前の上陸中、海幕広報室に呼び出されたときのことだ。ミリタリー系の雑誌で潜水艦本を出すとかで、おやしお級の乗員として招集がかかったのである。写真は長期で撮《と》り溜《た》めてあったらしく、夏木に振られた役割はコラムのネタ出し役だった。要するに、笑えるエピソードを適当に披露しろということだ。

　そんなもん基地に来ればいいじゃねえかと思ったが、結局のところ広報室にいた以前の上官が久しぶりに顔を見せろということだったらしい。本当なら冬原も呼ばれていたが、こちらは艦のほうに別件の取材がありそちらを担当していた。

　サニタリーブローのときの悪臭だの何だの定番の話をいくつかして取材は無難にこなし、その後は元上官から世間話とも説教ともつかない話に付き合わされた。その少し前の航海でまたぞろ無茶をやらかしたので小言も長い。

　若手が指揮を任された合同演習で、対潜哨戒機《しょうかい》の裏をかこうと限界深度ギリギリで艦を振り回し、――多少振り回しすぎたらしい。具体的には上層部が渋い顔をする程度。

「お前も一体何年目だ、いつまでも実習の頃と同じ説教をさせるんじゃない」

　話の接ぎ穂でどうやら今の艦長から説教を頼まれていることが読めた。一人で来たのはとんだ貧乏くじである。そう言えばやたら冬原と二人で行かせたがってたなと思い出す。冬原が基地の取材に回ったのはどうやら雲行きを読んだらしい。くそ、あいつと臍を嚙むが今さらだ。

朝一で呼び出されていたので昼飯にも付き合わされそうになったが、このうえ膝詰めで小言を食らってはたまらない。適当に理由をでっち上げて逃げ出した。いい上官ではあるのだが、説教の無限ループだけは勘弁つかまつる。

時間はちょうど昼休みの少し前で、帰ろうとしてふと魔が差した。望も省内の技術研究本部の部署にいるはずだ。

昼飯でも一緒にどうかと部署を覗いたのは、日頃恋人と絶望的に距離がある潜水艦乗りとしては無理もない行動だったと思う。夜は同じ部屋に帰るとしても顔を見られる機会はこまめに拾いたいし、何より仕事中の望を見てみたいという好奇心もあった。

仕事中の顔を見ようと入り口の衝立《ついたて》の陰からそっと中を窺《うかが》う。自惚《うぬぼ》れかもしれないが、夏木を見つけたら仕事の顔でなくなってしまうことは読めている。

そして覗かせてもらった仕事中の望は潑剌《はつらつ》としていて、——夏木の前とは違う顔をしていた。仕事に向かう強気な顔と息を抜いて笑った顔の落差が今さら惚れ直すくらい魅力的で、キモチがやけにざわついた。

何でだ。見たことない顔見られてお得じゃないか。

ざわついたキモチの理由はすぐ解けた。

上司に何かの報告をしていた望が自分の机へ戻ったところで、同僚か後輩らしい男が望に話しかけた。仕事を待ち受けて一瞬表情が引き締まり、しかし雑談だったのかその表情がほころぶ。――まるで花が咲いたように。

気がついたら部屋を出てエレベーターに乗っていた。その部署に何人かいた知り合いの誰にも会わなかったことにほっとした。

見ないほうがよかった、と理性の届かない心の奥底が呟く。

恋人が今さら惚れ直すくらい魅力的なあの望を、あの部屋にいる連中は――陸地にいる連中は毎日見ている。

俺だったら。

必然的にその考えが迫る。

俺だったら、数百メートルもの海中をディーゼル臭にまみれてうろついて連絡もろくに取れないことがデフォルトの恋人の存在なんか歯牙《しが》にもかけない。

潜水艦乗りの敵は距離だ、言い尽くされた理屈は今まで観念だったがはっきりと実体になった。離れているとはこういうことだと。

恋人のそばにいる時間は他人のほうが多いのだ。

そのうえ、精力的に仕事をこなす有能な彼女に比べて自分はと言えば、三十にもなって元上官に呼び出されて説教を食らうような問題士官だ。

望ちゃんは主流じゃないお前が好きなんだろ。以前の結婚式で冬原の入れたフォローも空しい。

主流じゃない夏木が好きな望はしかし、はっきりと主流派の有能な人材だった。

その日、望の部署を訪ねたことは結局望には言えなかった。

俺より似合いの奴が近くにいくらでもいる。その日思い知らされたことは今でも夏木を縛って放さない。

それから三度も航海に出たのに、戻る度にまだ待っているのか不安になる。未だに些細な茶々で揺らぐ。

潜水艦乗りなんてお前、一年のおおかた陸地にいないのに。

その言葉は、あの日その事実を思い知らされた夏木には受け流せない重さを持っていた。

たとえ結婚したとしてもイマドキそんなものは一生の契約ではなく、艦を降りない限り離れている常態に変わりはない。

まだ待たれているのかと陸に上がるたび不安になる日々は結婚したからと言って終わるのか。それは望ではなく夏木の側の問題だ。陸に上がったクジラとは言い得て妙で、無様に打ち上がったまま前にも後ろにも踏み出せない。

自分から踏み込む勇気もないくせに望のサインが見えないか窺って、そんないじましさは益々《ますます》待たれる価値のない自分を思い知らせるが、せめて会っている間くらいシアワセに過ごしたいという目先の欲求に流れて抜本的な改革は遠のくばかりだった。

＊

「わあ、冬原さん来たんだ？　会いたかったなぁ」

望が帰宅したのは七時前である。初日以降はかなり早く帰ってきているが、食後に必ずノートパソコンを開いて何かやっているので忙しくないわけではないようだ。

「ああ、奥さんが煮物作ったからって持ってきてくれた」

「助かるね、何かいつも悪いみたい。今度何かお菓子でも買ってこようかな。職場で冬原さんに渡せるでしょう？」

「いいんじゃねえか？　ガキいるから酒とか使ってない奴な」

「よそさまのお子さんガキとか言わないの」

窘める望は夏木よりよほど大人びている。部屋着に着替えてから腕まくりで台所に来た。

「今日は元気だから私も腕ふるっちゃおうかな」

言いつつ冷蔵庫を覗き、「このお魚使っていい？」と切り身のパックを取り出す。

横から見ていると微妙に手付きが危なっかしく、口を出したくなることも度々だったが（何しろ料理が大してできない夏木が危なっかしいと思うような手際である）、口を出すと途端に機嫌が悪くなるのが分かっているのでぐっとこらえる。

そうして出来上がったムニエルとやらは部位によって味付けが多少偏っていたが、贔屓《ひいき》を入れると旨《うま》いと言える出来だった。

「うん。旨い。さすが習ってるだけあるな」

こうしたときは多少大袈裟《おおげさ》に褒めるもの、という程度の如才なさは夏木も持ち合わせている。

後片付けを夏木が引き受けると、望は空いたテーブルでさっそくパソコンを開いて叩きはじめた。仕事は省内から持ち出せないだろうから仕事関連の自習か何かだろうか。

艦内の入浴で不便を強いられている折から、一時間ほど風呂《ふろ》に浸《つ》かった夏木が上がってきてもまだ望はパソコンに向かっていて、冷蔵庫からミネラルウォーターを出した夏木に「夏木さん」とかわいらしくぶった声がかかった。

「望コーヒー飲みたいな」

「どっから声出してんだ、気持ち悪い」

思わず吹き出すと「ひどーい、かわいくお願いしたのに」と軽くふくれたのはいつものとおりだ。

「インスタントはイヤ、ドリップのがいい。こないだ買った新製品の。お砂糖一つで牛乳多めね、大きいマグで入れて」

「注文多いな！」

やかんを火にかけながら望の様子を見ると、わずかな待ち時間でも作業に向かうと仕事の顔になっている。仕事のときは相変わらず凛々《りり》しい。――垣間《かいま》見たあの日のように。

自分の分もコーヒーを淹《い》れて夏木は望の向かいに座った。望も休憩にするらしく、マグカップを取り上げて吹いている。

「忙しいのか」

何の気なしに訊くと、望はぱっと申し訳なさそうな顔になった。

「これ片付けたら週末はゆっくりできるから」

別にそういうつもりで訊いたんじゃなかった、ということは説明すると却《かえ》ってもたつきそうなので曖昧に流す。

「今何やってんだ？」

これは純粋な興味である。今までは連日家でパソコンに向かうことはあまりなかったし、やけに熱心な様子も気になる。

「五研に空きが出そうだから希望出してて。レポートとか出さなきゃいけないから勉強中なの」

答えが予想外で一瞬頭が止まった。防衛省技術研究本部の中でも第五研究所はソナーや魚雷など水中で運用する装備の研究を行う部署だ。

「前から希望してて、やっと割り込めそうだから」

それは——もしかして、

「ちょっと公私混同だけど、夏木さんの艦にも役に立つ研究とかできたらいいなって」

望、と呼んで顔を上げたところにするりと言葉が滑り出た。

「結婚しないか」

望は目をしばたたいた。

「いいけど……」

と拍子抜けするほど呆気《あっけ》ない承諾、そしておかしそうに笑う。

「急だね？」

「いや、ごめん、実は急じゃなかった。ホントは前から言いたかった」

そうじゃなくて、と望はますます笑った。

「こういうのって、何かちゃんとしたデートとかで言われるのかと思ってた。夏木さんがきちんとスーツ着てたりして」

「ああそうか！」

しまった、と呻《うめ》く。よく考えたらこういうことは何らか記念になるべきことであって、彼女が部屋着で仕事中に風呂上がりの彼氏がコーヒーを出しながら——なんておざなりなシチュエーションで切り出すような問題ではなかった。

「ごめん、ディテール気にする余裕がなかった！　うわ俺何で、」

お互いの仕事中は離れていると思っていた。距離も時間も障害としか思えず、自分より似合う奴が近くにいるという呪いに完全に囚《とら》われていたのに、望のほうは離れている間も一緒に働いているつもりでいてくれたのかと思うと——負い目も引け目も麻痺《まひ》したように吹き飛んだ。

何か考える余裕も飛んで、言葉が先に滑り出た。

「ずっと言えなかったのに何でこんな何も考えないタイミングで……」

渋い顔で頭を掻《か》くと、望が逆に意外な顔をした。

「何かそんなに言いづらいようなことあった？」

改めて訊かれると返事に困る。「いや、何か」と前置きから既に歯切れが悪い。言葉をいろいろ迷いつつ、

「結婚とかってお前迷惑じゃないかって思ってた」

望が何も言わないのでそのまますずるずる吐いてしまう。

「お前まだ若いし、仕事も順調みたいだし、焦る必要ないのに結婚話は負担だろうなって。俺がお前と結婚したいのは俺の勝手な希望だし、お前は俺と結婚したいか分からなかったから」

「……どぉして？」

望の声がシャレで済まない音色になって、夏木はぎくりと肩を強《こわ》ばらせた。付き合ってきた経験が全力で警報を鳴らしている。種類は地雷警報だ。——何かすっげえの踏んだぞお前。

「それ、私の気持ち疑ってたってこと!?」

うわそっちに聞いたか!? 一気に血の気が引いた。

「ち、違う! そうじゃなくて、」

「何が違うの!?」

「ごめんなさいすみません聞いてくださいお願いします!」

とっさにテーブルにコメツキバッタになったが、どうやら地雷は史上最大級になりそうな気配だった。

「……だから」

頼む、誰か何とかして。夏木はいいかげん堂々巡りの何回目かにチャレンジしていた。

半ば口が滑ったとはいえようやく求婚できたという夜に一体何だってこんなことに。

「そっちの気持ち疑ってたとかじゃないんだって。ていうか、そっちの気持ち考える余裕なんかなかった」

望のふくれっ面の口元が微妙に強ばる。また何か引っかかる言い方をしていたらしいが、どこが引っかかったかなんて斟酌《しんしゃく》する余裕はない。

「自信ないんだって俺」

　夏木は思いあまって頭を抱えた。

「口悪いし雑だし、お前のこともすぐ怒らすし傷つけるし。どうしてお前が俺のこと好きでいてくれんのかとか全然分かんねえもん。いつ愛想尽かされてもおかしくないと思うし。だから隊舎で余計なこと聞かされたのも」

と、そんなことまでもう吐かされている。

「お前疑ってるから不安になったとかじゃなくて、俺が自信ないから不安になったんだよ。同じ部署で俺よりいい奴いたらアウトだなって」

「……そんな人いない」

　ふてたように呟く望に夏木は食い下がった。ここを理由として認めてもらえないと辛い。

「距離がきついって分かってくれよ。俺より他人のほうがずっとお前の近くにいるんだ。しかもお前の同僚なんて、お前に釣り合うような前途のある奴だらけだろ」

「そんなことで私が揺らぐと思ってたんだ？」

　また踏んだ地雷にひやりとしながら、しかしここは毅然《きぜん》と主張する。

「俺が揺らぐんだよ」

　毅然と、というにはかなり情けない理屈で泣ける。

「だってお前きれいだし仕事できるし気立てもいいし、俺が同じ部署にいたら絶対狙うよ。彼氏が潜水艦乗りでほとんど陸にいないとか知ったら余計。こんなふうに揉めてばっかりの俺よりもっと優しい奴いくらでもいるだろうし」

「夏木さんより優しい人なんていない！」

嚙みついた声に夏木は言葉を失った。臆面《おくめん》もないその切り返しに面映《おもは》ゆいような気持ちがこみ上げる。

「それにもし私のこと狙ってるなんて人がいるんだったら、それ私と仕事したことない人だよ。少なくとも一緒に仕事したことある人の中には絶対いない。私きついし我も強いし、すぐ相手のこと叩き潰しちゃうし。しかも私はけっこう遠慮してるつもりなのに！」

面映ゆい、と思った気持ちがこの辺で首を傾げた。——何だか雲行きが違ってきたような、

「私、他の人と口論するときは夏木さんと喧嘩するときの半分も本気出してないのに！あんなんじゃもし付き合ったとしてもすぐ別れちゃうよ、しかも私が悪者扱いで！」

やばい。夏木はこみ上げた笑いを必死で嚙み殺した。今笑ったらまずい、と思ったものの結局我慢できずに吹き出した。

「何笑ってるの!?」

「いやごめん、悪い、でも……お前、今、俺より優しい奴なんかいないって言ったけど、

それ俺より打たれ強い奴なんかいないってほうが正しくないか」

「夏木さんのせいでしょ⁉」

望がぶんむくれて横を向いた。

「付き合いはじめたとき、一番初めに言ったじゃない、泣かれるより怒ってたほうがマシだから怒ってろって！」

それは言った、確かに言った。——だが、

「何でそれが俺のせいなんだ」

「遠慮なく怒れるのってすごい楽だって気がついちゃったの！　こんな楽なこと覚えさせられて今さら普通の人と付き合うとかあまつさえ結婚とか絶対考えられない」

普通の人っておい、まるで人が普通じゃないかのような。一度気がつくと、望の台詞もけっこうぞんざいだ。

「私は夏木さんとしか本気で喧嘩できないし、夏木さんもそうだと思ってたのに！」

何だその拳《こぶし》と拳で分かり合ったみたいな男らしい発言は。

「これ以上笑かすな、死ぬから！」

やっとの思いでそれだけ言ってぶった切り、発作のような笑いを必死で凌《しの》ぐ。なんだ、そうか——そういうことか。

要するに似た者同士なんだな、俺ら。

プロポーズの直後に返す刀でこんなしつこい喧嘩に突入されて、持ちこたえられる男はそれほど多くないだろうし、何かと細かいところで引っかかってしかも一度引っかかると面倒くさい癖《へき》も、夏木には大したことがないように思われるが、大したことに思える男も多いのかもしれない。

姉ちゃんがああいう女だからさ。確かに翔の言うとおりで、望という女はもしかするとたぶん相当面倒くさい。

「よし分かった。やっぱお前、俺じゃないと無理だわ。分かった」

遅いよ！　と望が怒ったのは気づくのがということだろう。

「俺もお前じゃないと無理だ。だから結婚しよう。そんで一生こんなことで喧嘩してようぜ」

望としては夏木が三十になった年に期間同棲を押し切ったのは冬原の言った通りの理由だったらしい。

「一年経って生活サイクルも分かってきたし、私の仕事が両立できる感触も摑《つか》めてきたし、もうそろそろ切り出してくれるかなって思ってたのに、何だかくだらないことでうだうだしてるし」

くだらないとかうだうだとか切り捨てられるとさすがに夏木もおもしろくない。

「こっちはこっちで気ィ遣ってたんだよ、お前一昨年《おととし》だったか高校の同級生が結婚してて『もう』って驚いてただろ」

「だってまだ就職して一年目だったし、結婚なんか考えられるほど貯金がなかったもん。でもそれから頑張ってお金貯めたし、子供の頃からの貯金も足せば行けるなって」

と、あくまで現実的な望はいざ結婚が案件に上がると殊更に現実的で有能だった。

「住むところは賃貸にしよう、私が仕事してるうちは官舎は無理だし。聡子さんに聞いたんだけど当番とか色々あるんでしょ？　きっと中途半端になって迷惑かけちゃうから」

「住むところどこか希望ある？　できればうちの実家に近いほうが子供とか預けやすくていいんだけど」

「設備とか間取りの希望も今回決めとこう。入籍したら引っ越せるタイミングで手配するから、物件の決定権は私にちょうだい」

「それと結婚式ってどうする？　私はいいけど、夏木さんは職場的にしないと駄目っぽいでしょ。入籍とはタイミングずれてもいいと思うんだけどどうかな、夏木さんそういうの気にする人？」

怒濤《どとう》のように挙げられる懸案の中、夏木が希望を突っ込めたのは今回の上陸中にお互いの家に挨拶したいということと婚約指輪のことだけで、しかも指輪のほうは「要らない」の一言で一蹴《いっしゅう》された。

「だってもったいないし。私が着けるだけだもん。どうせだったら新婚旅行とか新居とか二人のことにお金かけようよ」

明解かつ合理的な理由には取りつく島もなかった。

「ていうかちょっと現実的過ぎだろ。もうちょっとこう、何か……」

怒濤の合理性に何となく納得が行かず、ぼやいた夏木に望が急に顔を寄せて口づけた。

不意打ちで固まった夏木ににっこり笑う。

「嬉しかったから張り切ってるんだよ。私なりにはしゃいでるって分かってくれないと望悲しいな」

おどけてぶった口調には反射でバカと言ってしまったが、望はそれはスルーしてくれた。

＊

「夏木、今甲板出たら電波入るよ」

休憩中を冬原に呼ばれ、夏木は浮上した艦の甲板に出た。比較的沿岸だが、日が陰っていると海風が冷たい。

メールをチェックすると望から何件か入っている。一通目の件名は「ありがとう」。

それを開いたタイミングで冬原が呟いた。

「望ちゃん着けてくれたかねえ」

「着けたって」

わざわざよかったのに。でももらってみるとやっぱり嬉しかったみたい。ありがとう。ちゃんと毎日着けてるから安心してね。デザインすごくオシャレだったけど、夏木さんの趣味？

婚約指輪の話である。

「あ、そりゃよかった。男側としては虫除《むしよ》けは着けといてもらいたいもんね」

「欲目かもしれないけどな」

望が揺らぐとはもう思わないし、あれだけ殴り合って分かり合った以上夏木もそうそう揺らぐつもりはないが、それでもよその男にフリー対象として望を見られることは面白くない。

取りつく島もなく婚約指輪を要らないと蹴《け》られ、夏木の取った手段は困ったときの冬原頼みである。冬原の家に遊びに行って夫人からサイズを聞き出してもらい、選ぶのに冬原を付き合わせ、艦に戻るとき部屋に置いてきた。

これくらいはささやかな独占欲の発露として理解してほしいところである。

「よーしメールのネタそれにしよ。望ちゃんが指輪を着けたそうです、と……」

冬原が携帯のボタンを軽快に叩きはじめる。いつもメールが短いと怒られるという冬原には手頃なトピックになったらしい。

夏木も二通目以降を開けて、

「……冬原、後でお前が結婚式で呼んだ関係者教えて。同期とか」

「何、どしたの」

「宿題が来た。次の寄港地から招待客のリスト送れって。……ああっ!? 何か結納が省略されることになってる!? えっ、ていうか親同士が電話した!? いつ! あっクソうちの親か! こら何で俺が儀礼服着ることになってんだ!? 着ねえぞあんな大仰なもん!」

冬原が横で盛大に吹き出した。

「今までもたもたしてたと思ったら怒濤の展開じゃん、よかったねえ」

「いやでもそれとこれとは……!」

「陸地にいるほうがそれくらいアグレッシブなほうがいいよ、こっちの都合に合わせてたら何年経っても式なんか挙がらないからね」

達観した意見は経験者は語るという奴か。

しばらく思い悩んで夏木はメールの返事を打ち始めた。

指輪は冬原に選ぶのを手伝ってもらいました。気に入ってくれたようで良かったです。
リストの件も了解しました。でも儀礼服は勘弁してくれ。

そこまで打って少し考え、最後にささやかな主張を入れる。

話を進めるときには俺の意向も少し気にしてくれると嬉しいです。

Fin.

脱柵エレジー

*

一般的にはあまり馴染《なじ》みのない言葉であるはずだ。そこらの辞書には載っていないし、ワープロでも変換されない。

脱柵《だっさく》。

一般的に分かる語彙《ごい》に変換すれば脱走である。自衛隊駐屯地や基地から隊員が脱走することを隊内用語で脱柵と呼ぶ。脱走と呼ぶと人聞きが悪いなど色んな方面への配慮があるのだろうが結果として脱走は脱走だし、酪農で家畜が電磁牧柵を破って逃げることも脱柵と呼ぶらしいので、言葉の上では隊員をドーブツと同じレベルで扱っていることになり、何をどう配慮しているのやら考えるほどによく分からなくなってくる用語である。

脱柵者には新隊員や経験の浅い隊員が圧倒的に多く、その理由は概《おおむ》ね定番順に人間関係が巧《うま》くいかない、訓練についていけない、規則だらけの集団生活が嫌になった、等々。

そして多数派ではないが常に廃《すた》れない理由の一つに、色恋沙汰《ざた》がある。

「ねえ、寂しいよ。どうしても今すぐ会いたい」

元々甘ったれで、なにかと腕を組んだり抱きついたりとくっついてくるのが好きな彼女だった。同じクラスで毎日の生活圏が重なっていた頃には、それでいい思いをしたこともたくさんある。女の子と付き合った高校生の男がしたいようなことを全部させてくれたのも彼女だ。

　だがお互い高校を卒業し、自分が陸自に入隊して地元を離れると、その甘ったれが全部マイナスに作用するようになった。彼女は地元の短大に進学し、自分が新隊員として配属されたのは他県の駐屯地である。地元までは電車で三時間余り、何かと時間を束縛される新隊員が休日に日帰りで気軽に帰れる距離ではなく、帰れたとしても顔を合わせるや帰隊時間を気にしてそわそわしなければならない。教育期間中は外泊など夢のまた夢だ。

　せめて電話だけでもとまめに連絡は入れていたが、集団生活では自前の携帯でも長電話はままならない。短大で高校時代より更に自由が増えた彼女には、その辺りの感覚も理解できないらしく、前期教育が終わる頃には電話で聞けるのは彼女の泣き声ばかりになった。

「もう三週間も会ってないんだよ」

　たった三週間だろ。そうは思ったものの、口に出すのはこらえた。それを口に出したら終わると分かった。彼女と自分に流れる時間の質は決定的に変わった、彼女はまだそれに気づいていない。

　彼女が気づけば終わる。

「ごめん、なかなか帰れなくて。でも今すぐは無理だよ……」

平日の消灯前だ。あと三十分もすれば就寝前の点呼が始まり、電話も切らねばならない。彼女はまた電話の向こうでしくしく泣きはじめた。

「な、今週の休みは絶対帰るから。あと四日だけ我慢してくれよ」

「四日もなんて無理……」

彼女は息絶えるような声で呟《つぶや》いた。

「お願い、無理言ってるの分かってる。でも、私のこと少しでも好きだったら、今会いに来て」

他人事《ひとごと》だったらきっとワガママな女だなと笑うだろう。たった四日じゃないか、たった四日も待てずに彼氏を困らすのかよ。そんな女別れちまえよ。

けど、自分ゴトでそうやって笑える奴なんているのか。たったの四日、自分に会うことを待てないと息絶えるような声で嘆いてくれる女がこの先の人生で現れるというのか。

「……分かった」

それが脱柵になるということは分かっていた。だが、自分は隊から逃げるのではない。彼女に会ってくるだけだ。見つからなければ脱柵にはならない。だって俺は戻ってくるんだから。俺はこんなにも寂しがって不安に駆られている彼女に、一目会って安心させたいだけなんだ。

「……ウソ、ほんとに？」

彼女は慄《おのの》くように呟いた。ああ決めた、と安心させるように力強く囁《ささや》く。

「でも、俺がそっちまで行くのは無理だ。お前のほうも頑張ってくれよ」

完璧《かんぺき》に頭の中に叩《たた》き込んである地元までの時刻表と所持金を突き合わせ、即興で可能な行程を探す。ATMはもう閉まっているから軍資金は手持ちの数千円のみだ。駐屯地周辺のコンビニは軒並み店長が隊と懇意なので、消灯後の買い物くらいなら見逃してくれるが金など下ろしていたら脱柵を疑われて通報される。

「俺、今持ってる金で途中の○○まで行けるから」

今の所持金で、消灯後にたどり着けて始発で点呼までに帰れる限界点だ。

「お前のほうからもそこまで来て。そっちからなら十一時までに夜行に乗ったら間に合うから。そんで悪いんだけど、俺そこまでで金がなくなっちゃうから帰りの電車代貸して。そしたら始発で朝の点呼までに帰れるから。始発まで駅で一緒にいよう。な？」

「基地を抜け出すの？」

彼女は何回説明しても駐屯地と基地の区別がつかない。そのときも基地と言った。

「大丈夫なの？　もし見つかったら……」

「消灯してから見つからないように抜け出すし、朝までに帰るから」

「私のためにそこまでしてくれるの……？」

「当たり前だろ」

強く言い切った。

「お前のためだったらできないことなんか何もないよ」

……とか、思ってんだろうなあコイツも。

清田《きよた》和哉《かずや》二曹は警衛詰め所に連行された若い隊員を眺めた。真っ青な顔の彼を連行したのは、清田の部下の吉川夕子《よしかわゆうこ》三曹である。隊員はやはり同じ隊で、後期教育を終えて配属されたばかりの新人だ。吉川の直接の部下になる。

「一応未然ということで、できれば温情措置としたいのですが」

吉川の報告に清田も頷《うなず》いた。そのつもりでないのなら、わざわざ就寝後に清田を携帯で呼び出したりはしないだろう。

と、新人が突然その場に土下座した。茂みにでも潜んでいたのか、その背中は青い芝にまみれている。

「お願いしますッ！　どうか見逃してください！　必ず朝までに戻りますから！」

「その辺でやめとけ、二年くらいしたら自分を絞め殺したくなるぞ」

投げやりに止めた清田に新人が拍子抜けしたように顔を上げる。吉川がそれを立たせて固い椅子に座らせた。

「吉川、何か温《ぬく》いもん」

頷いた吉川が給湯設備のほうへ消える。

「彼女はどこに住んでんだ」

いきなり衝《つ》かれて、新人はぎょっとした顔をした。見抜かれたと思っているのだろうが、清田たちにとっては何の不思議もない。

「勤務態度は申し分なし、人間関係も良好、意欲も高い。そんな隊員が血迷うとしたら、後は色恋沙汰くらいのもんだ」

数日前のことだ。そろそろだなぁと呟いた清田に、吉川もそろそろですねぇと呟いた。そんな経緯があったことをこの新人は知るまい。

「で、どこ住んでんだ」

重ねて訊《き》くと新人は渋々の態《てい》で佐世保《させぼ》と答えた。西部方面隊の教育隊がある相浦《あいのうら》駐屯地が近い。

「なるほど、それで教育期間中は乗り切ったか」

独りごちてまた問いかける。

「しかし、飯塚《いいづか》ならまあ近いほうだろう。脱柵するほど切羽詰まるか？　もう外泊だって取れるだろうが」

電車で三時間半、少々きついが日帰りも何とか可能な距離である。新人は俯《うつむ》いて歯切れ悪く答えた。

「でも毎週ってわけにはいかないし……教育期間中はホントに近くてほとんど毎週会えたから。高校からずっと一緒で、こんなに長く会えなかったこと今までなくて」

「私のことが好きなら会いに来て、とか言われたか？」

新人はまた図星を衝かれたようにぎくりと肩を竦《すく》めた。

「それにしても電車じゃ朝までには戻れないだろ。どういう手筈《てはず》だったんだ？」

「彼女が車で途中まで来るので。帰りは駐屯地まで送ってもらう予定でした」

「それ、彼女の車か？」

まだ十代ならそれはなかろうと分かったうえで清田が訊くと、新人も「いえ、親の車を借りるって……」とぼそぼそ答えた。

なら決まりだ。

「賭《か》けてもいいけど彼女来ないぞ」

「そんなことっ……！」

声を荒げかけた新人は、相手が二曹であることに途中で思い至ったのか不服そうに声を押し殺し、「何で清田二曹がそんなこと決めつけられるんですか」と呟いた。

「お前の目の前に座ってる二曹も昔同じようなことやったからだよ」

さらりと言ってやると、新人はえっと大声を上げた。これで意表を衝かれなかった隊員は今までいない。

「理屈のうえでも来ないって分かるけどな。お前の同級生なら彼女もどうせ十八か十九で免許も取り立てだろ。初心者マークぶら下げた娘が夜の高速使って彼氏に会いに行くとか言い出して、車使わせる親がこの世にいると思うか？」

新人が黙り込んでしまったタイミングで、吉川が「温いもん」を持ってきた。新人には無難にミルクを入れたコーヒーだが、甘党の清田にはココアだ。

「お、分かってんな」

ほくほく受け取ると、小さく会釈してまた立ち去る。間合いもよく分かっている。

カップを受け取ったものの口をつけようとしない新人の前で、清田はココアをすすった。

「愛とか意地とか色々あるだろうけど、まずは経験者の話を聞いとけよ」

＊

駐屯地は刑務所のように受刑者を閉じ込める施設ではない。本気で脱柵する気になったら抜け道はいくらでもある。

消灯してから三十分ほど待って、寝間着代わりのジャージのままトイレを装って部屋を抜け出した。ジャージの下には私服を着込んである。消灯前、トイレに私服を持ち込んで中に着込んでおいた。薄着の季節なので点呼で疑われるほど着ぶくれしなくて助かった。

人目を憚《はばか》りながら一階のトイレに向かい、窓から抜け出す。暗がりに乗じて適当な場所からフェンスを越える。拍子抜けするほどあっさり成功した。誰でもここまではたやすいのだ。

ここからは運の問題だ。清田がいないことを同室者に気づかれたら上官に報告が行き、隊舎内にいないことが確認されたら脱柵決定として捜索が始まる。

その捜索がどれほど隙のないプロフェッショナルなものであるかということは、上官や先輩から何度となく聞かされている。まず最寄りの交通網を押さえられ、実家が近県ならそこも押さえられる。実家が遠方ならそちらに向かう交通網を重点的に張り、後はしらみ潰《つぶ》しだ。

鉄道はおろか、バスやタクシーの乗り場まで押さえられ、ヒッチハイクなども想定して主要な道路もくまなく探索される。金の下ろせるコンビニも監視対象だ。

脱柵者は確実にその包囲網に捕えられ、あっちも駄目こっちも駄目と右往左往しているうちに取り押さえられる。

やや大袈裟《おおげさ》にも思われる大捜索だが、逃げ出すのは仮にも戦闘訓練を受けている兵士である。脱柵だの何だの言葉尻《ことばじり》でごまかしても平たく言えば脱走兵だ。

追い詰められるあまり逃走手段や資金を確保しようと民家へ押し入ったりすれば、それこそ大問題になる。捨て鉢になり一般人を人質にする者もいるかもしれない。隊としてはそんなことになる前に隊員を捕縛しようと必死だ。

運は清田にあったらしい。寝付きのいい同室者ばかりだったことが幸いした。寝付きがいい分いびきや歯軋《はぎし》りもすごい奴らが多く、いつもは迷惑していたのだが、今回ばかりは感謝だ。最寄りの駅まであっさり到着し、待ち合わせた駅に届く最終電車に乗り込めた。

隣の県へ向かう途中が終点の鈍行だ。乗客はほとんどいない。途中で脱いだジャージを小さく畳んで持ってきたナイロンのバッグにしまい、イマドキにしては短く刈りすぎの髪以外は（教育期間中は髪型の自由など無きに等しい）ごく普通の学生の態である。

どんどん街の灯《ひ》が少ないほうへ走る電車から見える景色は、夜を吸い込んでさらに黒くする山陰《やまかげ》ばかりだ。

寂しく過ぎ去っていくばかりの夜の中に、たまに島のように無人の駅が浮かぶ。電灯が切れかけて瞬いているようなうすぼんやりとした光の島をいくつ数えただろうか。

電車に揺られること一時間半ほどで目的の島に到着した。中規模のベッドタウンがあるその駅でほとんどの乗客が降り、ぱらぱらと改札へ流れていく。

清田はその流れから逸《そ》れて待合室へと入った。コンクリで打った床の隅に、死んだ蛾や羽虫が降り積もったうらぶれた待合いだった。

彼女の側からはあと三十分ほどかかるはずだ。――あと三十分で会える。心は浮き立ち、故郷へ延びる線路の奥を清田は鼻歌混じりに眺めていた。

何本か鈍行が過ぎ、やがてその電車は来た。ホームに入ってくるまで待てず、待合室を飛び出した。連絡橋を渡り、到着ホームを一望できる位置で待ち構える。

もったいぶっているような減速で停まった電車が扉を開け、降りる客を吐き出す。しょぼくれたジジイが一人、くたびれた中年、痩《や》せと丸いの各イチ。華やかな色合いが降りて胸が高鳴ったが、ケバケバしい水商売風だった。

そして、――それで全部だった。

四人の乗客が改札を出て行くのを半ば困惑しながら見送った。どうしてこの中に彼女がいないんだろう？

眠ってしまって乗り過ごしたのか？　大変だ。ここで乗り過ごしたら次の停車駅は五つ先だ。慌てて彼女の携帯に掛ける。五回目のコールの後、機械的な応答に繋《つな》がるとき特有の間合いが来て思わず顔をしかめる。

『ただいま電源が入っていないか、電波の入らない場所に……』

入り組んだ山間《やまあい》が多く、電波が届きにくい路線だ。何度もリダイヤルしながら、ほかの可能性を考える。今の電車の後にこの駅の手前まで届く鈍行列車が一本ある。それにしか間に合わなくて、届かなかった分はタクシーを乗り継ぐつもりかもしれない。

念のためにメールも一本入れてまたリダイヤルを繰り返す。

──彼女は来なかったのだと理解できたのは、午前二時を回ってからだった。

「……彼女、来なかったんですか」

恐る恐る尋ねた新人に、清田は「おうよ」と頷いた。

「十代のオンナノコに自分と同じ行動力なんか期待するもんじゃないぞ。腐ってもこっちは軍隊の訓練受けてんだ。俺らと彼女の行動力や決断力は上限が全然違うんだよ。お前は吉川に未然で捕まって幸運だったぞ」

しゅんと俯いてしまった新人の未練げな様子に苦笑する。

「……でもまあ、お前の彼女はもしかしたら根性があるかもしれないからな。今ちょっと電話してみろ。実家のほうにな」

席を外してやると、新人が携帯を使う気配があった。やがて、ぼそぼそ低いやり取りが漏れ聞こえる。

「……分かりました、夜分にすみません……」

頃合いを見て戻ると、新人が泣き笑いのような微妙な表情で清田を見上げた。

「具合悪くて寝てるそうです。電話には出られないって」

「まァそんなもんだな」

いい具合に冷めたココアを一気に呷《あお》る。

「毎週会えなくなってからどんだけ経った？」

唐突な質問に新人は目をしばたたかせ、脳裏で何か数える表情をしてから答えた。

「一ヶ月……ちょっとです。間に一回、泊まりで帰りましたけど」

「余計なお世話だけどな、たったそんだけで音を上げる女じゃ到底ムリだ。この先、何回転属がかかると思う？　駐屯地は日本全国に百六十ヶ所もあるんだぞ。一晩じゃ帰れない地域に配属されたらどうする？　物理的に会うのが不可能になって待てる女か？」

食ってかかってくるかと思ったが、新人はしおれたままだった。

「始末書は明日だ。指示は吉川に請え」

そう言うと吉川がまた顔を出した。「隊舎に戻してきます」と新人を立たせる。

ココアをもう一杯、と給湯設備のほうへ向かうと、二杯目が湯気を立てていた。

＊

地方の路線で一時間半も揺られていたら、優に百キロ近く連れて行かれる。歩いて帰るのは到底不可能だ。幸い駅をまだ出ていなかったので待合室で夜を明かし、始発で戻って降りる駅で何とか改札をやり過ごそうと考えた。彼女が来ない場合のことなんてカケラも考えていなかったので、ありったけの金で切符を買い、残りは数百円だ。田舎のコンビニは平気で夜間閉店なんてことをやるのでうっかり駅を出ることも今さらできない。

硬いベンチに身を横たえるとことさらに侘《わび》しさがこたえた。

とろとろ眠ったかと思うと突然蹴《け》り起こされた。ベンチから転げ落ち、パニック状態で飛び起きると、目の前に鬼より恐い区隊長が仁王立ちしていた。

あー、バレた。寝とぼけた頭でそんなことを思った。夜はまだ明けきっていない。後で聞くと、清田の実家へ向かう路線の駅を一つ一つ確認しながら追ったらしい。

その場で鉄拳《てっけん》をいくつか食らい、でかいカミナリを立て続けに落とされ、そのまま襟首を引きずられるように駅の外に駐《と》まっていた小型トラックに叩き込まれた。

無線で脱柵者の確保と捜索終了を告げた区隊長の声に、ああ俺、脱柵者になっちゃったんだなぁと変にしみじみした感想が湧いてきた。

「手間かけさせおって」

ちょうど清田の父親くらいの年齢の区隊長は苦々しく吐き捨て、先輩隊員と一緒に後部座席に詰め込まれた清田はすみませんと呟いた。

「でも、朝までには戻るつもりで……」

「それを脱柵と言うんだバカモン！」

またカミナリが落ちて首を竦める。いや、言いたかったのはそこではなくて、

「……隊が嫌になったわけじゃないんです」

それだけは言っておきたかった。ただ俺は、電話の向こうで泣いてる彼女を何とかしてやりたくて、俺に会わないと止まらないと言う涙を止めてやりたくて、

「やめとけ、そんな女は」

区隊長はまた苦い声で吐き捨てた。彼女に会うために脱柵したなんて言っていないのに何で女絡みだと分かったんだろう、とそのときは不思議でたまらなかった。

今となっては恥ずかしくてたまらない。

処分が決まってから彼女に電話をかけた。

何で来なかったんだよ、と問い質《ただ》すより早く彼女は電話の向こうでワァッと泣き出した。何度もごめんなさいと涙ながらに訴える。

「家を出るとき行き先を訊かれて、言ったらお母さんがこんな夜中に出かけるなんて絶対ダメって」

厳しい処分を受けた直後に聞く「お母さん」は、ちょっとびっくりするほど甘ったれた言葉に聞こえた。それでもそのときは、甘ったれの彼女だから仕方ない、なんて思ったのだから処置なしだ。

「バカ正直に答えたの、お前。コンビニ行ってくるとかごまかしたりとかさぁ」

「だってそこまで気が回らなくて」

　またさめざめと泣く。

「ごめんね。私もあの日辛《つら》かったんだよ。家から出してもらえなくて朝までずっと自分の部屋で泣いてたの」

「あったかい部屋でベッドに潜り込んで？」

　さすがに怒りが声を尖《とが》らせた。そんな言い方、と彼女がまた一段とすすり泣く声を高くする。結局ごめんと謝ってしまいながら、それでも言い募りたくなる。

　俺は同じとき、虫の死骸《しがい》が吹《ふ》き溜《だ》まってる待合いで毛布一枚ない硬いベンチだったよ。薄着の季節でも山間の夜中は寒かったよ。起こしてくれたのはお母さんでも目覚ましでもなくて、区隊長の半長靴《はんちょうか》だったよ。

　その泣いている間に電話を一本、いやせめてメールだけでもくれていたら。山間で電波が届かなくなる前に家を出られなかったと知らせてくれていたら、途中で引き返せたのに。

　恨みがましくそのことを言うと「今さら行けなくなったなんて言えなかったの」とまた息も絶えるような声だ。

「それに、待ち合わせの時間に行けなかったら、家を出してもらえなかったって分かってくれると思って」

仕方ない、彼女はまだ学生なのだ。社会人になっていないのだから、責任の意味もまだ分からないのだ。

俺は先に社会人になったんだから許してやらないと。

「和くんのほうは大丈夫だった？」

「待ち合わせの駅まで行ったけどバレて連れ戻された」

電話の向こうで彼女が息を飲む。

「何か罰とか受けたの……？」

「半年間の外出禁止になった」

後期教育を丸々残して、一般配属になっても継続する重大な処分だ。

「そんな……半年も？」

半年彼氏と会えなくなるという自分にも影響のある結果の話になって、初めて彼女は事の重大さを理解したらしい。

「ごめんね、私のために！」

彼女はまた盛大に泣きじゃくった。清田は言葉を尽くしてそれを慰めた。

気にするなよ、俺は後悔してないよ、結局会えなかったけど、あの夜寂しくて泣いてたお前のために行動できたんだから、それだけで俺は満足だよ。

どうしてそんなに優しいの、と彼女はまた泣いた。

「私、絶対待ってるから。和くんが私のためにそこまでしてくれたんだから、今度は私が和くんを待つ番だもの」

会えない時間になんか負けない、という厳かな宣言に、たった四日間を待てばよかったあの夜その決意に至ってくれればよかったのに、とちらりと思った。

半年会えないのは清田のほうにだって辛い結果だったのだ。

ブラックでコーヒーを淹《い》れておいた頃合いで、吉川が戻った。きびきびした動作が男顔負けに凛々《りり》しい女性隊員だが、ダイエットを気にしてか飲み物はノーシュガーノーミルクを通している辺りが辛うじて年頃の女らしさである。

吉川が会釈してコーヒーを受け取りながら、

「言いづらい談話をありがとうございました」

「気にすんな、もう持ちネタだ」

色恋沙汰で血迷った若いのにはこっぴどい体験談が一番いい鎮静剤だ。

「それにしても、あの手合いはなくならないなぁ」

「みんな年頃ですから」

「成長したなぁ、お前も」

はにかんだように笑うと急に女らしい。

「今日の話は最後まで行きませんでしたね」

からかうようにややくだけた声音に、清田は渋い顔をした。

「そこまで話させたのは後にも先にもお前だけだ」

＊

彼女から別れ話を切り出されたのは処分を受けて三ヶ月後だった。

今の清田ならよくそれだけ保《も》ったと誉めてやれるが、当時はそうはいかない。

「どういうことだよ⁉」

声を荒げて周囲の注目を集めてしまい、清田はひと気のない場所を探して動きながらも抑えた声で詰《なじ》った。

「いきなり……何なんだよそれ」

別れたいって、と口に出さなかったのは周りを気にしてだ。彼女は例によってごめんねごめんねとしくしく泣いている。

俺のほうが泣きたいよ、どこに行っても知ってる誰かがいるこんな環境でこんな話。

隊舎の外まで出てようやく話に本腰を入れられる態勢になる。

「ごめんね、やっぱり寂しくてもう辛いの」

いつもは重たくも愛《いと》おしい泣き声で、一方的に宥《なだ》めて慰める側だったが、今回ばかりはそうはいかない。

「今度は私が待つ番だって言ったじゃないか」

「言ったけど、でも……」

ぐずぐずともたつかせる言葉が今は苛立《いらだ》つばかりだ。

「周りの友達見てると彼氏としょっちゅう会ってて楽しそうで、やっぱりそんなところを見てると会えないのが辛くて」

「そんなこと俺が自衛隊に入ったときから分かってたことだろ！」

怒らないでよ、と彼女がまた涙ながらに訴える。怒らないでよなんて今言えるのかそれを。どういう神経だ。

「友達の恋バナに付き合うのも辛くて、ノリ悪いって気まずくなっちゃうし」

何だそれ！

「友達と気まずくなるほうが俺より大事なのかよ！」

「私にだって毎日の生活があるのよ！」

「毎日お母さんに優しく起こしてもらって、オシャレして学校行って友達とお喋《しゃべ》りしたりサークル活動したり？」

彼女は大仰に息を飲んで、芝居っ気たっぷりに溜めを入れて「ひどい」と叫んだ。

「私が学校で勉強してるのをバカにするの⁉」

そんな台詞《せりふ》も彼女が入学当時に「先輩に単位取るのが簡単な授業教えてもらって履修届を出したから楽勝」なんて話していたのを覚えていたから失笑だ。

オシャレなキャンパスライフを楽しむのが優先だろ、お前は。

……女が一度別れると決めたら、なだめてもすかしても怒ってもすがっても、何をどう食い下がっても無駄なのだということは今なら分かる。

物分かりよくさっさと身を引いたほうがよほど傷は浅かったのに。

「寂しいとか会えないとか元はと言えばおまえのせいだろ⁉　俺はお前のために脱柵してこんな処分……」

「誰がそんなことしてくれなんて言ったのよ！」

開き直ったのかキレたのか、今まで聞いたこともない毒々しい声音だった。百年の恋も一瞬で冷めるような。ような、ではなく冷めたかもしれない。

だが、その毒々しい声が自分に向けられたことで頭に血が昇った。

「お、……お前が言ったんじゃないか！　私のことが少しでも好きなら会いに来てって！あんなこと言われて行かないわけないだろ！」

少しでも好きなら——その愛らしくすがる前提を蹴ったらまるで自分が彼女に本気じゃないようじゃないか。

人の気持ちを測るような前提を投げておいて今さら何を。

「だってそんな大変なことだなんて思わなかったんだもの」

取り繕うことを完全に放棄した彼女は、実にまったく脱帽するほどふてぶてしかった。

「私に自衛隊の規則とかそんなの分かるわけがないじゃない。もしバレたら半年会えなくなるって説明してたら我慢したわよ、当たり前でしょ。説明しないで段取り勝手に決めたのそっちじゃない」

勝手にって。

「お前だって、」

私のためにそこまでしてくれるのって喜んだじゃないか。

お前がたった四日も我慢できないくらい会いたいって言うから。

いつも息絶えそうな声を出していたのは彼女なのに、今息が絶えそうなのは自分だ。

それに比べて彼女ときたら！　こんなにふてぶてしい声が出せるだなんて、今の今まで知らなかった。

「とにかく、私はそこまでしてくれなんて頼んでないし。うじうじ恩着せがましいのよ、男のくせに！」

それがとどめだ。女から恩着せがましいなんて言われて、それ以上何か言える男なんているわけがない。

「ここまで言わせたのはそっちだから。せっかく私はキレイに別れてあげようと思ってたのに台無し!」

もし、自分の家だったら泣いていたかもしれない。電話が終わったら隊舎の共同部屋に戻らなくてはならないという現実がなかったら。

好きな女のために脱柵までして半年も外出禁止を食らい、その彼女からはたった三ヶ月で別れ話を切り出され恩着せがましいと吐き捨てられ、あまつさえそのむごい言葉を自分のせいにされて詰られ。

気がついたときには電話はもう切れていた。最後にどんなふうに終わったのか、彼女が最後に何と言ったのかは覚えていない。

それからいくらも経たないうちに地元の友達から噂が聞こえてきた。清田と別れるなりサークルで次の彼氏とよろしくやっているという。替えは最初から用意してあったらしい。あまりに定番すぎてもはや笑うしかないオチだった。

……結局のところ、

離れて会えない状況を彼女は充分に楽しんでいたのだ。まるで悲劇のヒロイン気分で。たった数日が待てない、というのは少し大袈裟に言って気分を盛り上げる演出で、それを真に受ける必要などなかったのだ。

ごめんな辛い思いをさせて、でも好きだよ。優しくそう慰めて、引き離されて会えない気分を盛り上げてやればそれでよかったのだ。

彼女にしてみれば脱柵してまで会いに行くというのは計算外だったのだろう。

しかし、その計算外がそのときは少し気に入ったのだ。基地を脱走してまで私に会いに来る彼、彼に会うために家を抜け出して夜中の電車に乗る私。こんなドラマチックな状況もそうはない。

ロミオとジュリエットもかくやの気分で電話を切って、それからはたと我に返ったのだ。今から夜行に二時間近くも揺られるなんて、面倒くさいしお金もかかる。そのうえ田舎の駅の待合室で夜明かしするなんて。帰ってきたら両親にもこっぴどく叱られる。あげく門限やお小遣いを締めつけられてはかなわない。それに翌日学校だってあるのに。

親に止められて行けなかった。それも冷静に考えれば嘘だと分かる。電話を掛けたときはまだ十時にもなっていなかった、彼女の家は街中だし近所にコンビニがいくつもある。それくらいの時間にちょっと家を抜け出すなんて高校の頃から日常茶飯事だった。行き先を訊かれたなんて。そもそも見咎《みとが》められるわけがない。

ロミオとジュリエットの気分は気に入っていたから、気づいてしまった身もフタもない現実が気に食わなかったのだ。ごめん、やっぱりいろいろ面倒だからやめよう。そんなのせっかくのドラマチックが台無しだ。

親に反対されて行けない。そっちの設定のほうがよっぽど素敵だ。携帯の電源を切り、会いに行きたいのに行けない自分という甘い悲劇に浸っていたのだ。

だからいちいち真に受けて脱柵なんか決意した自分がバカだったのだ。


それから清田はしばらくの間やさぐれた。

シャバのカワイイ女の子なんかどうせ長持ちしないし、真面目に付き合うもんじゃない。でも遊ぶんだったら顔がかわいくてスタイルがよくて身持ちが堅くないほうがいい。最初のデートですぐにやらせてくれるような。

そう割り切った途端、ヘンにモテるようになった。外出禁止が明けた最初の合コンから連戦連勝だった。それこそ顔がかわいくてスタイルがよく、連れ歩くのが楽しくて最初のデートでやらせてくれるようなタイプに。

ちょっとでも重たいことを言い出したらサッと逃げ、転属になったら後腐れなく別れる。相手が満足できるようなドラマチックな理由付けをしてやればきれいさっぱりだ。

それなりの美人を取っ替え引っ替えする清田に、同僚はやっかみ半分で「もったいないなぁ」とぼやく。「ちょっとは続ける努力をすりゃあいいのに」と。

清田にしてみれば続ける前提ならそもそも付き合わない女ばかりなので、もったいないという感覚自体がそもそも違う。

昇任後もしばらくそんな具合だったが、飯塚に赴任してからはぱったりとその女遊びも収まった。それまではそこそこの都市が近い駐屯地ばかりだったが、飯塚へ着任してみると軽く遊べるような女がそもそもいなくなった。合コンよりも生保のおばちゃんが持ってくる見合い話のほうが幅を利かせている。

さすがにそんな環境で女を取っ替え引っ替えするほど悪役《ヒール》にはなりたくない。

そうして清田の手痛い失恋は、「血迷った若いの」を諫《いさ》める持ちネタとなったのである。

「普通は途中まで話せば消沈するもんだけどなぁ」

苦笑いした清田に吉川もコーヒーをすすりながら照れ笑いした。

「立場逆転すると女のほうが強情だってのは新発見だったな」

脱柵しようとしていた吉川を巡回中の清田が発見したのはもう三年ほど前のことになるだろうか。

「私も若かったですから」

「二十五歳に三年前を若かったとか懐古されたら俺の立場がないなぁ」

清田は三十までもう秒読みである。

声を立てずに忍び笑った吉川とふと目が合い、逸らしがてら自分のカップを手に取った。

口元に運びかけて二杯目をもう空けていたと思い出す。

手持ち無沙汰にカップを戻した清田と入れ違うように吉川がコーヒーに口をつけ、その湯気と伏せた目に乗じて窺《うかが》う。日に焼けてはいるがその肌はさっぱりときれいになっていて、――ああ、いつの間にか女の肌になったなあと思った。

脱柵を捕まえた当時はまだ、頬や額にニキビの痕《あと》ばかりが目立つガキの肌だった。

＊

付き合っている男に会いに行こうとしたという吉川は、今日の新人に話したところまでは納得しなかった。

さすがに言い返したり見逃してくれと土下座するようなことはなかったが、頑《かたく》なに唇を引き結び、その表情は「彼は違う」と不服に思っていることが分かった。

放免してもまた後日同じことを繰り返すだろう。三曹の昇任試験を受けて、半年に及ぶ結果待ちの身だった筈だ。もしその間に不祥事を起こせば、合格していても取り消されてしまう。

その日、初めて清田は最後の泥仕合まで他人に話した。

「お前は彼氏のことは自分にしか分からないと思ってるかもしれないけど、そんなことはない。俺は男だから、男としてそいつのことが判断できる。そいつも俺の彼女と同じだよ、ドラマに酔うタイプだ。お前じゃなくてもいいんだ、酔えれば」

黙って俯いていた吉川が初めて顔を上げた。不満と不安が等分に入り混じった、ただの小娘の顔だった。

「お前は三曹試験の結果を待ってる大事な身の上だ、そんなとき脱柵させるなんてロクな男じゃない」

「彼が脱柵しろって言ったわけじゃありません！　私が自分から……」

嚙《か》みつくように荒げた声は逆に揺らいだ証拠だ。

「俺なら止めるぞ」

さらりと投げた言葉に吉川はぐっと詰まった。

「好きな女が大事な時期だと分かってて、もしバレたら確実に将来に傷がつくようなことを俺のためにするって言い出したら、俺なら絶対に止める。まともな神経の男だったら、好きな女に絶対そんなことさせやしない」

自分の立場に置き換えてみたら簡単なことだ。彼女はあのとき形ばかりの心配だけで、私のためにそこまでしてくれるのと感極まっていたのだ。

そんなことして本当に大丈夫なの、見つかったら大変なことにならないの？　やっぱりそんな危ないことよそうよ、ワガママ言っちゃったけど私なら我慢できるから。

もしそんなことを言ってくれるような彼女だったら、と恨みがましい思いが久しぶりに湧いて苦笑する。何年間もやさぐれて、泥仕合を初めて他人に吐いてようやく気づく。

俺だって酔っていたのだ、彼女と同じように。

彼女のために脱柵するという素敵に冒険的な思いつきに。

だが、それを今の吉川に言うのは酷というものだ。

「彼氏、何て言った。俺のためにそこまでしてくれるのかって感動してたか」

俯いた吉川のその表情が返事だ。

「俺の彼女と一緒だ」

膝《ひざ》の上で揃えられていた頑なな拳《こぶし》が力なく緩んだ。もともと勤務態度などを見ていても真面目で利発な隊員だ。

「戻っていい。隊舎に入るとき人に見つかるなよ」

深く一礼した吉川は、隊舎に戻るまで見張る必要はないともう分かった。

「あのとき捕まったのが清田二曹じゃなかったら、私は三曹になれませんでしたね」

そう言って吉川は笑った。清田の淹れたコーヒーを飲みながら。

三曹になってからの吉川は冷静沈着にして事務有能、痒《かゆ》いところに手の届くよく出来た部下だ。女性ならではの濃《こま》やかさで隊にも目が行き届き、ことに色恋沙汰で切羽詰まっている若い隊員にはよく気づく。ここはお互い同じ轍《てつ》を踏んだ仲間として阿吽《あうん》と呼べる呼吸があり、今までに何度もこのコンビで脱柵を未然に防いでいる。

「転属かかるそうですね」

また口を開いたのは吉川だった。

「今度はどちらへ」

「郡山《こおりやま》になりそうだな」

暖かい気候に慣れたから冬が辛そうだ、とぼやきが出た。

「清田二曹の持ちネタ、私が引き継いでもいいですか」

「ああ、好きにアレンジして使え。免許皆伝だ」

「ありがとうございます」

冗談口にも生真面目な礼を返すところがらしいところだ。その生真面目な口調のままで吉川は何気なく続けた。

「今なら私は距離にも時間にも負けない自信があります」

何を言われているか分からないほど鈍くはないつもりだ。

いい部下であることは言うまでもなく、そう思わないように努力はしていたつもりだが、いい女であることも間違いない。

何も言わずに用意されている二杯目のココアがなくなるのも寂しい。

更に口を開こうとした吉川を清田は手で制した。

「聞いたら揺らぐから待て」

制したもののどう説明したものか分からず、しばらく言葉を探す。

「この年になると転ぶのが恐いんだよ。治りも遅いしな」

十代で彼女と別れてからというものずっとやさぐれてばかりだったので、結局のところ清田の真っ当な恋愛の経験値は低い。

もう十年近く、疎《おろそ》かにできない女を仕事以外で扱ったことがないのだ。

「一年経っても気が変わってなかったら聞かせてくれるか」

「分かりました」

吉川は吉川らしい淡泊さでそう答え、それからにっこり笑った。

「その間に遊び収めておこうというのは駄目ですよ。昔は各地でたいそう鳴らされたそうですが」

……ああ、いい女だなあ。

初めて何のブレーキもなく、手放しでそう思った。

俺はこんないい女と働いてたんだな。

「自分で頼んだんだからその間はちゃんと操を立てとくよ」

言いつつ清田は立ち上がって笑った。

「俺だって十年前は彼女のために脱柵できるほど純愛少年だったんだぞ」

「私はたった三年前ですよ」

微笑んだ吉川は、まるで今の会話が最初から存在しなかったかのように生真面目な表情に戻った。立ち上がってぴしりとキレイな敬礼を決める。

「夜分遅くご足労ありがとうございました。火の元の確認と申し送りはしておきますので、お先にお戻りください」

詰め所の時計は０２００《マルフタマルマル》、起床まで四時間とは残っていない。明日はお互い睡魔と戦う一日になるだろう。

何ら役得があるわけでなく、艶《つや》めいたことがあるでなく、――ただ、血迷った若いのをなだめるためだけに二人で寝不足になる夜を、清田は今まで意外と気に入っていた。

ここを去るまでに、もう一回くらいこんな夜があるといいな――というのは、管理職としてやや不謹慎な期待だった。

Fin.

ファイターパイロットの君

「みゆちゃんちはね、はじめてのデートの後でパパのお部屋だったんだって。あやちゃんちは学校の帰りにブシッ？　だったんだって」

これのお題が何かと言えば『パパとママが初めてチューしたところ』だったりするわけで、うーん最近の幼児はすげぇ話してんなと高巳《たかみ》は苦笑しながら頭を掻《か》いた。子供の口に内緒が通用するわけもなく、こうしておうちに帰ってくるとムスメのお友達のパパとママのセキララな青春模様がよそ様のお宅に筒抜けになっている次第である。

あやちゃんちはともかくみゆちゃんちはチューだけで終わっちゃいないだろうなーなどということは分かっていても考えないのが保護者付き合いのコツだ。

にしてもえらいお題が流行《はや》ってくれちゃったもんだよな、と春名《はるな》高巳は苦った。

「ねえねえ、パパとママはどうだったの？」

当然来るもんなぁ、そこ。思わず頭を抱えたくなる。当然こちらのネタも向こうの各位に筒抜けで、そこでお互いバランスを取り合い「女の子はおませですねぇ」と曖昧《あいまい》な近所付き合いに持っていくタネなわけだから、うちだけ逃げを打つわけにも行かないのだった。

「パパとママはちょーっとだけ事情が複雑でね」

言いつつ高巳は娘の茜《あかね》を膝《ひざ》の上に抱え上げた。――恨むよ光稀《みき》さん、この手の微妙な話は全部俺だ。

初めてのデートの後、パパのお部屋だったのよ。一言で済むみゆちゃんママが羨《うらや》ましい。

春名家の場合は経緯が若干複雑だ。

どこからはしょれるか真剣に検討していると、茜が一丁前に恐い顔で「作っちゃダメよ、パパ」と釘《くぎ》を刺した。女力はこの年で確実に母親より上だ。

五歳児にも劣る女力しか持っていない、しかし高巳が出会った頃からベタ惚《ぼ》れの奥さんは日本でもまだ存在が珍しい空自のファイターパイロットである。

＊

キスをした初めてのデート、というと、日本中が大混乱に陥ったとある事件が片付いて高巳が小牧の三津菱重工《MHI》へ戻ってからになる。

しかし、それは始まりからして穏当にはいかなかった。

「……ちょっと待って、光稀さん」

待ち合わせの名鉄犬山《めいてついぬやま》駅に現れた光稀を見て、高巳は思わず右手で待ったをかけた。

事件に関連して長らく出張居続けだったＭＨＩ技術者の高巳が岐阜基地を去ってから、初めての再会である。晴れ渡った秋口の休日、デート日和としては上々に恵まれて綺麗な恋人と待ち合わせ、シチュエーション的にはまったく文句なしだが――

「それは、何？」

「何って……何が」

光稀は戸惑ったように自分の姿を見下ろして、「変か」

ああ、分かってくれてるなら話が早い。高巳は大きく頷《うなず》いた。

「うん、かなり変」

途端、光稀が目を怒らせる。

「どうせ……似合ってないよ、悪かったな！」

帰る、と怒鳴って光稀はいきなり券売機にずかずか歩き出した。

「え、ちょっと光稀さん!?」

「だから嫌だと言ったんだ、こんな格好！　似合うわけないのにみんなで寄ってたかって――」

「待って、すごい根本的なとこで何かが食い違ってると思うんだけど待って！」

慌てて追いすがり、光稀の手首を捕まえる。するとその手が問答無用で振り払われた。

現役ファイターパイロットが本気で振り払ったらこらえられる男なんか格闘家くらいだ。

「光稀さん！」

大声で呼ぶと、光稀がすくんだように足を止めた。それから高巳を振り返る、その表情がもう怒っているんだか拗《す》ねているんだか泣きたい寸前なんだかよく分からない。

「認識のすり合わせをしよう。基本でしょ？」

光稀に向かって片手を伸ばす。すると光稀はものすごい目付きで下から高巳を睨《にら》みつつ、不承不承という風情で高巳のほうへと一歩戻った。それから高巳の出した手に自分の手を小さく預ける。

その手を握って、「はい捕まえた」軽くおどけてみるが光稀は拗ねた顔のまま（多分、拗ねている顔だ。限りなく脅している顔に近いが）俯《うつむ》いている。

「それ、友達の見立て？」

光稀は無言で頷いた。

明るい色のカットソーと膝上のタイトスカート、足元は少し踵《かかと》のあるロングブーツ。踵が少し、という辺りがおそらくこういう格好に慣れていない光稀に特化された選択だろう。本当ならもうちょっと踵が高いほうがカッコイイのだろうが。

よく見ると薄く化粧なんかもしてあって、フライトスーツと作業服姿しか知らない高巳などは改めて見るとどぎまぎしてしまうほど「女のコ」だ。

「似合うの見立ててもらったね。かわいくてびっくりした。でも……」

今度は誤解を招かないように光稀の胸元を指差しながら言う。

「それは何なの」

「……見て分からないのか」

まだ声がむくれているが、一応返事をするから修復余地はあるらしい。

「俺が訊《き》きたいのは、どうしてそういうキレイな格好してるときにそこに下がってるのがドッグタグなのかってことなんだけど」

自衛官という職業柄、光稀が勤務中ずっと着けている無骨なステンレスの認識票だけがトータルコーディネートから激しく浮いている。タグの後ろに入った切り欠きが死体の口をこじ開けるためのものだとか、そういう裏話まで知っている高巳には殺伐効果も倍増だ。

「着けてないと個人情報が分からないじゃないか」

「……それは免許証とかじゃ代用できないの」

「身に着けておくものじゃないといざというときに身元が判明しない」

「俺とのデートで身元が判明しないほどのどんな大惨事に陥る気だよ！」

さすがにこらえかねて突っ込んだ。

「はい外す外す。それだけ浮いててすげぇ変」

光稀が渋々認識票を外し、バッグにしまう。高巳は光稀の手を引いて歩き出した。

「映画は次の回のにするよ、名古屋に出たらまずそれに似合うの買おう」

駅の駐車場に停めてあった車に乗り込み、高巳はフロントに載せてあった眼鏡をかけた。

「眼鏡かけたとこ初めて見た」

助手席の光稀がしげしげと高巳の顔を見る。

「車乗るときだけね。コンタクトじゃどうしても左の度数が運転条件まで上がらなくてさ。重いから嫌いなんだけど」

「だからいつもコンタクトなのか」

「今日も持ってきてるよ、車降りたら付け替える」

「いい、今から付けとけ」

言いつつ光稀が助手席のドアを開けた。

「名古屋までなら私が運転してやる。代われ」

「あ、そう？　悪いね」

車の運転がそれほど好きなクチでもないので素直に受けて席を替わる。と、運転席に収まった光稀が顔をしかめてアクセルやブレーキを何度か踏んだ。勝手が悪いと呟《つぶや》いたのは踵だろう。

やっぱり俺が運転しようか、と言おうとしたら、光稀がいきなり運転席のドアを開け、足だけ外に下ろしてブーツを脱いだ。

脱いだブーツを後部座席の足元へ放り、ストッキングの素足でペダルを踏んで「よし、これでいい」――いいのかそれ。

高巳がコンタクトを付け替える手間と光稀がブーツを脱ぎ履きする手間。差し引きすると結局同じような気がしたが、せっかくの気遣いなのでそれは言わない。

にしても、いきなりブーツを脱ぐと足のラインが変に眩《まぶ》しい。裸足《はだし》というのが妙に意識させる原因かもしれないが。

「光稀さん」

エンジンを掛けようとする光稀を呼んでみる。

「足きれいだね」

「どこ見てやがるエロジジイ！　金取るぞ！」

案の定、光稀からは遠慮会釈ない罵《ば》詈《り》雑言《ぞうごん》が返ってきて、高巳はほっとしながら一緒に笑った。

ふざけてごまかさないといろいろ変に意識してしまう。――困った。ちゃんとすることしたくなっちゃうような女の人じゃないか、なんて。

名古屋へ向かう車の中で、高巳は何でもないような取りとめのない話ばかりしていた。

名古屋駅の近くのパーキングに車を入れ、光稀がブーツを履き直し高巳がコンタクトを入れる。ソフトなので水は要らない。

車の中から付けてりゃよかったのに運転代わった意味ないじゃないか、と光稀が呆《あき》れたように言った。笑ってごまかしながら駅前の百貨店に向かう。

今日の服に少なくともドッグタグよりは似合うアクセサリーを見立てていると、最初は照れていたのか乗り気でなかった光稀もちょっと楽しくなったらしい。

「こっちはどうかな」

自分でもネックレスを選んで胸元に当てて見せる。少しはにかみながら高巳を窺《うかが》う表情がちゃんと恋人の顔になっていて、それがまた凶悪にかわいい。うわぁこの顔は俺だけか。岐阜基地で一緒に勤めていた隊員たちにわけもなく優越感。

「こっちが似合うんじゃない？」

高巳は別のネックレスを背中から光稀の首回りに提げた。色は落ち着いているが光稀の持っていたものより細工が複雑で、その分華やかだ。襟刳《えりぐ》りが深くて露《あらわ》になった肩に手が触れ、光稀は気づいた様子はなかったが高巳は何気なく触れた手を離した。

「ちょ……っと派手じゃないか」

光稀が慄《おのの》いたように顔をしかめる。高巳は光稀の背中から一緒に鏡を覗《のぞ》き込んだ。

「つーかむしろさっきのが地味すぎ。これくらいでちょうどだよ」

「そうですよぉ、カノジョせっかく美人だしそれくらい存在感あるアイテムのほうがー」

いきなり横から割って入った声は、売り場の店員だ。光稀とは対極の、いかにも女の子女の子した若い娘である。

「私なんかはこの辺お勧めしたいですねぇ～」

言いつつ店員が高巳の選んだものより一段派手なものを光稀の胸元に当てる。「ほらね、お顔が引き立つでしょう」

光稀が困ったように高巳を窺う。こういう扱いに慣れていないらしく、適当なあしらい文句も分からないらしい。

「光稀さんはどっちが好き？」

高巳は自分が選んだものを店員が選んだものに並べて見せた。

「高巳っ……が、選んだほうが、好き」

不意打ちのように名前で呼ばれ、やに下がる。

「というわけなんで、こっち包んでもらえます？」

カードと一緒にネックレスを渡すと、光稀が慌てた。

「いい、自分で買う」

「初デートだよ、彼氏が買うのがお約束」

彼氏と言われて光稀の顔が赤くなった。ああもう、カワイイなぁ畜生！

「そうですねぇ、やっぱり彼氏の選んだのが一番似合ってる感じかなー」店員も如才なく合わせてくる。「センスいい彼氏でいいですね」

じゃあお預かりします、と店員が立ち去ろうとしたとき、光稀が声を掛けた。

「包まなくていいのでタグだけ切ってください」首を傾げた店員にちょっと恥ずかしそうに「すぐ着けたいんで」

更にかわいい。

会計待ちの手持ち無沙汰《ぶさた》な間、光稀が不意に訊いた。

「センスいいって。今の女の子」

「ああ。リップサービス上手《うま》いね、さすが」

「ああいうのを選ぶセンスっていうのは、先天性か後天性か」

「嫁いだ姉貴がバブリーな人でね、よく買い物付き合わされたの」

それで培われたセンスを買われ、友人の勝負プレゼントの買い物に付き合わされることもよくある。

そうか、と頷いた光稀に訊いてみる。

「何か心配とかした？」

「――別に。お互いこの年で気にするようなことでもないだろう、大人なんだし」

絶対気にしているくせに強がるところがまたかわいい。ちゃんと訊けばそうもてるクチじゃなかったよと教えてあげるものを。

会計が済んで戻ってきたネックレスを自分で着けられず高巳が着けたことは余談である。大事にする、ありがとう。そう言って笑った顔が極上にかわいかったことも。

映画は光稀が観たがっていたミリタリー映画の再上映だった。買い物を済ませると上映時間まであまり時間がなかったので、昼食はファーストフードで流し込む。

映画は息詰まるような展開に圧倒されて引き込まれたが、隣からすすり上げる声にふと気づくと光稀が大変な号泣状態になっている。ハンカチを出す余裕もないらしい。

——ほんとに感情の発露が素直な人だなぁ。

高巳は小さく笑って隣からハンカチを差し出した。「ごめん」と涙声がハンカチを受け取る。

どうでもいいけどここまで泣いちゃってこの子化粧直しとかできるのかなぁ——などと余計な心配をしつつ、高巳はまた映画のストーリーに引き込まれていった。

化粧直しは高巳が心配することもなく、光稀は十分ほど化粧室に籠《こ》もっただけで何とかして出てきた。これだけの美人が涙で瞳《ひとみ》を濡《ぬ》らしているとかなり人目を惹《ひ》き、待っていた高巳も同様に注目される。

「大丈夫？」

「うん、ごめん」

行こうか、と手を出すと光稀は素直に手を預けてきた。まるで普通のカップルみたいで、
ああもうこういうことが普通にできる関係なんだよなぁ、とちょっと感動に浸る。

その辺の喫茶店に入ってお茶を飲みながら（PXや食堂以外の初めての「正しい」お茶だ！）高巳は尋ねた。

「何時までに基地に戻ればいいの」

「2030くらいかな」

フタマルサンマル、一般人には謎の用語を高巳は午後八時半と脳裏で翻訳した。

「じゃあ七時くらいにはこの辺出たほうがいいな」

だとすると残り時間はあと三時間程度。と、光稀がちょっと表情を曇らせた。

「けっこう早いな」

時間が過ぎるのが、ということだろう。同じことを思っていたのが嬉《うれ》しいような切ないような。

「外泊、取ってくればよかったかな」

何の気なしだろうが光稀が呟き、高巳は笑った。

「しょっぱなから外泊デート？　大胆発言だねぇ」

「別にそういう意味じゃ……！」

「何の気なしで言っちゃ駄目だよ、そういうことは。期待するからね」

光稀がどこか突かれたように言葉を飲み、怯《ひる》んだように高巳から目を外す。しまったちょっと脅かしすぎたかな。後悔しかけたところで、光稀がまた挑むように顔を上げた。

「次は外泊取ってくる。別に子供じゃないからな」

むきになっていることは明白で、高巳は苦笑した。

「こういうことで意地張らない。引っ込みつかなくなったとか嫌じゃない、お互い」

言いつつ冷めかけたコーヒーをあおる。

「よし、行こう。晩飯はポイント考えてあるんだ」


「晩飯が何で名古屋空港なんだ」

光稀が怪訝《けげん》な顔をしながら車を降りる。まだセントレアができる前だった。

「空港の飯が旨《うま》いなんて話、聞いたこともないぞ」

「だろうねえ、俺も聞いたことないもん」

高巳は眼鏡を外してダッシュボードに置いた。車を降りて国内線のターミナルに向かう。

「食べた後が本番だからちゃっちゃと食べちゃおう」

何なんだ一体、と首を傾げながら光稀もついてくる。

ターミナルのレストランで適当なものを注文し、食べるのもそこそこに店を出る。

「はいはい乗って乗って」

「だから何なんだ一体！」

一時間と経たずに空港の駐車場を出てまた車を走らす。やがて、空港の外周をぐるりと回り、滑走路エンドに整備されているこぢんまりとした公園の駐車場に車を入れた。

子供の遊具などもある公園だが、夕方だからか駐車場はガランと空いていて場所は選び放題だった。

「今日は風向きからして南側からの進入が多いはずなんだけど」

高巳の呟きに被《かぶ》せるように、ジェットタービン独特の甲高いエンジン音が上から降った。低い。

光稀が目を瞠《みは》ってフロントから上を覗き込むように体を捻《ひね》る。

着陸寸前の旅客機が車の屋根をかすめるようなアングルで滑走路に向けて降りていく。

「あなたはこういうのが好きかと思ってさ」

光稀は返事をするのも上の空でフロントガラスに貼りついている。飛行機と名が付けば無差別で喜ぶ体質は高巳と同じだ。女性のほうが微笑ましいのは少しずるいが。高巳などではただの航空オタクとしか呼ばれない。

こういうときに一際表情の輝くところがまた愛《いと》おしい、というのは欲目だろうか。

着陸するのはどれも代わり映えのしないボーイングやエアバスなのに、一機来るたびに歓声を上げる光稀。何機かの飛行機が着陸するのを見つめ、ようやく気が済んだのか座席にもたれた。

「ありがとう、次は昼間に見たい」

「了解、次にね」

次、という言葉がお互い自然に出てくるのがまた嬉しい。

——いよいよ送っていく時間が近くなり、却《かえ》って二人とも口数が減った。名残惜しいという言葉だけでは到底言い足りないような切なさ。

帰りたくない。

絶妙のタイミングで聞こえた言葉は、自分が呟いたのかと思ったら光稀だった。

もちろんそれは本当にそうしたいなんてことではなく、できるものならということなのだろうが、

「このタイミングでそれってすごい殺し文句」

大人だからな。子供じゃないんだ。

意地を張っていたのを逆手に取っても許されるのか。

高巳は光稀の顎《あご》に指をかけて上を向かせた。

「嚙《か》まないでよ」

半分本気で釘を刺し、訊き返そうとした唇を塞《ふさ》ぐ。

ぎこちなく預けられていた光稀の体が急に硬くなった。反射のように逃げ腰になるのを捕まえて逃がさない。光稀は一瞬抗《あらが》い、それから高巳のシャツをきつく摑《つか》んだ。

そのしがみつくような強さが愛おしかった。


これ以上だと本気で帰したくなくなる、その手前で手放した。

手放されて一瞬呆《ほう》けていた光稀が、狭い車内を一杯まで窓際に逃げた。

「お――おおおおお前という奴は！」

降ってくるジェット音にまぎれて光稀が大声で怒鳴る。

「いきなり何てことを！」

「何をって。合意じゃなかったの」

「舌は予定に入ってないッ！」

あんまりな抗議の台詞《せりふ》に高巳は力一杯吹いた。

「光稀さん、あんたちょっとおもしろすぎ」

「おもしろいもくそもあるか、こういうことは心の準備というものが――……！」

「準備って……俺、途中で中断して予告すんの？　間抜けすぎでしょ、それ」

言葉を失くす光稀に高巳はからかい口調で畳みかけた。

「こんくらいで動揺するんじゃ外泊は当分取らないほうがいいんじゃない？　はいベルトして、行くよ」

眼鏡をかけてサイドブレーキを下げた高巳の横で、光稀がふてくされたように呟いた。

「外泊は別に私が取りたくなったら取る。誰に指図される謂《いわ》れもないしな」

「またそういう意地を張る。負けず嫌いも大概にしときな」

恐かったくせに、と付け加えると、驚いただけだ、と光稀が返す。

そして。

「嫌じゃなかった、と言ってることくらい分かれ！」

拗ねたように怒鳴ってそっぽを向く。

「――了解」

何でこう、ますます帰したくなくなるようなこと言うかなこの人は。

高巳は苦笑しながら車を出した。

次に会うのが早くも待ち遠しいのは、光稀も同じだろうか。距離にも多忙にも負けずにいられると思う気持ちは？

それくらい分かれ、と怒鳴るリアルな声を想像できる。それだけでかなり幸せだった。

＊

「パパァ」

せっつかれて我に返る。記憶をなぞったお陰でいい省略が見つかった。

「初めてのデートの帰りに車の中だったよ」

「みーんな何かの『帰り』なのね、変なの」

子供ならではの素朴な疑問に高巳は苦笑した。

「そりゃもう、一番大きいイベントだからねぇ。一番ドキドキするから最後に残しとくんだよ。クリスマスだってケーキ切るのは一番最後で、プレゼントは次の日の朝だろ？」

「ケーキとプレゼントくらいすごいの？」

ここでうんとか言ったらまた「茜ちゃんパパの奥さんはケーキとプレゼントくらい特別らしいわよ」などとからかいの的だが、こういうことで嘘を吐《つ》くのは本意じゃない。

「ケーキとプレゼントより特別だよ、今でもね」

「茜もねぇ、ママ大好き！　キレイでかっこいいから！　よそのママより一番好き！」

はしゃいだ茜は目鼻立ちが光稀によく似ていて、きっと将来美人になるだろうと親戚《しんせき》中から言われている。

娘を嫁に出すときのことはまだ意識的に考えないようにしている。架空の婿を想像しただけでそいつをぶん殴ってしまいそうになるからだ。

自分も人の親から取り上げた分際で、と光稀は笑うが、高巳の場合は「よくこんな航空バカを引き取ってくださった」と相手の両親に泣かれたのだから話が違う。

むしろ障害があったのは高巳の両親で、その辺りの事情はまだ茜には聞こえないようにしているつもりだが、茜は早くも高巳方の「おじいちゃんとおばあちゃん」に苦手意識を持っている。子供にそんな話を聞かせるものじゃない、という分別が期待しきれない両親であることは、残念ながら高巳の目から見ても明らかである。

よその奥さんはちゃんと家庭に入っているのに、という聞こえよがしな厭味《いやみ》に、光稀は高巳側への里帰りの度によく耐えてくれていると思う。現場を発見したら即座に帰る必殺カードを躊躇《ちゅうちょ》なく切れるが、それが分かっているだけに母親も父親も高巳を避けて巧妙な圧力をかけてくる。傷つけられたことを高巳に訴えるような光稀ではない。

二人目は作らない、ということも宣言してあるが、それも光稀が仕事さえ辞めれば叶《かな》うものをと文句たらたらだ。

降りたほうがいいのかな。光稀が一回だけ弱音を吐いたことがある。

茜が生まれて半年で訓練に復帰し、両親からの軋轢《あつれき》も一番厳しかったころだ。生まれたばかりの子供をほったらかして飛行機に乗るなんて、それでも母親か。そこを衝《つ》かれると光稀は常に弱い。

気にするな、と言うのは簡単だが、結局は光稀の耳に入れずに済むことが最良な皮肉を高巳も防ぎきれないのだから、配慮が足りているとは言えない。

結婚したら降りてくれ、なんて言った覚えはないよ。そう言って抱きしめるしか。

絶対君にF―15を降りてくれなんて言いません。だから結婚してください。


自分のプロポーズは一言一句覚えているし、違《たが》えるつもりもない。

ありがとう、ごめんなさいと泣く光稀を強引に黙らせた。普通の奥さんになれないのにごめん、なんて光稀に言わせるつもりなどなかった。

直前まで式への出席を揉《も》めていた両親の記憶は闇に葬るとして、自衛隊関係者からは心に残る祝辞をいくつももらった。

何故心に残っているかといえば、そのすべてが家を守る心構えについてだったからだ。

前日どんなに喧嘩《けんか》をしても、翌朝は笑顔で送り出してくれ。その日の晩に二度と帰って来ないかもしれないのが自衛官だ。その訓辞は今さらのように心に食い込んだ。こういう人が妻になるのだと。

普通は花嫁の側が言われるらしい。高巳の場合は男がファイターパイロットである妻を待つ側に入った。光稀と高巳で仕事のシフトに自由が利くのが高巳だったからの選択でもある。

「武田二尉……いや、春名二尉の場合は頼りになる夫君がお家を守って下さっているわけだから、心置きなく飛べて羨ましい限りです」

ごく普通の奥さんがわずか数年で自衛官の妻として立派に家を守るようになるという。それは、いつ夫が死んでもおかしくないと覚悟を決めるということで、たおやかな女性がやってのけているその決意を男の自分ができないなどとは言うものか。

彼女を憂いなく飛ばせることが自分の義務だ。一生を賭《か》けて惜しくない義務だ。

それでも命を賭けて飛ぶ光稀に雑音を入れてしまう自分の至らなさは悔しかった。

＊

「ねえ、パパ」

茜がちょっとしおれた表情で高巳にしがみついた。

「ママは茜のこと好きなのかな」

茜がそんなことを言い出した理由はすぐ察しがついた。一週間ほど前、どうしても仕事の都合がつかず、また次善である光稀の両親の都合もつかず、高巳の両親に茜の保育園の迎えを頼んだ。

できるだけ早く引き取りに行ったつもりだが、そのわずかな時間に大人げのない両親はまたぞろ茜に母親への不審を抱くような入れ知恵をしたのだろう。

「パパのおばあちゃんがね、ママは茜より飛行機が好きなんだって。飛行機のほうが好きだから茜を独りぼっちにしてタンシンフニンして平気なんだって」

くっそ、この先半年は帰ってやらねえ。何だかんだと孫娘と高巳に会えないのが一番の仕置きになる両親に内心で通達する。

「そんなことないよ」

高巳は茜を強く抱きしめた。

「茜は飛行機に乗ってるママは嫌いかい？」

茜はしょんぼりと首を横に振った。ママかっこいい、と小さく呟く。どちらに似たのか定かではないが、茜は見事にカエルの子だ。母親がファイターパイロット、父親が航空機開発と航空関係に縁が深い家庭ではあるが、子供が飛行機を好きになるようにと仕向けた覚えはない。だが、気がついたら「ママの飛行機」とF―15を見分けるようになっていたのだから大したものだ。

それだけに、飛行機に乗っているかっこいいママが自分より飛行機が好きだという残酷な揶揄《やゆ》には傷つくのだろう。やっと保育園の年長組になった年端もいかない娘にいい年をしたジジババがする仕打ちではない。

「飛行機に乗ってるママがどれくらいすごいか分かるかい？」

これはまだシビアすぎるかと思いながらも、両親が茜に何を言ったのか予想がつくので言わざるを得ない。

「ママが飛行機に乗って、死なずに帰ってくるってことがどれくらいすごいことか分かるかい？」

茜の瞳にぶわーっと水が膨れ上がった。ああやっぱりシビアだったか。

しかし始めた以上はここで止めるわけにはいかない。

「ママは毎回死なずに帰ってくる。ママが飛行機に乗って死なないためには、ものすごく厳しい訓練が必要なんだ」

パイロットで居続ける、ということだけなら男のほうがずっと楽だ。何しろ結婚しても子供を産むのは男の役目じゃない。子供を産むことも家を守ることも妻に任せて飛ぶことに専念していられる。

女はそうはいかない。光稀が実際そうだ。家を守るのは高巳が代われる、しかし子供を産むことは高巳では代われないのだ。

少なくとも妊娠が発覚し、出産して数ヶ月を育て上げるまでは、飛行訓練には戻れない。勘を忘れることを恐れて出産後半年ほどで訓練に戻る女性パイロットがほとんどだというが、それにしても妊娠期間を含めれば一年以上は物理的に「乗れない」期間がある。

高巳は光稀から翼を取り上げる気などなかったし、光稀ももちろん飛ぶことを望んだ。

だから二人は無理だというのは暗黙の了解だった。

当然、子供は最初から諦《あきら》めるという選択をする家庭もあるだろう。

それでも、

「君を産むことをまったく迷わなかったんだよ、君のママは」

それは高巳にとっても疑うべくもない愛情だった。

常に飛び続け技倆《ぎりょう》を磨くべきパイロットが、飛行機にまったく乗らない期間を茜と高巳に一年くれたのだ。

「だからパパのじいちゃんやばあちゃんに何言われても茜は信じてあげて」

茜を産むために、高巳に茜という娘をくれるために、光稀は日々の訓練という安全係数を一年も凍結させたのだ。

「ママ死んじゃいや」

すすり泣く茜にはまだその程度の理解が限度だろう。

「大丈夫だよ、ママは生きて帰ってくるために俺たちと離れて毎日厳しい訓練をしてるんだから」

しゃくり上げる茜を膝の上に揺すり上げる。

「君の名前もママがつけたんだよ」

「茜？」

「女の子が産まれたって聞いて、茜にしたいって」

夕焼けの中を飛んだとき、淡いオレンジからピンク色までグラデーションの空だったという。

「ママが知ってる中で、一番かわいい空色だったんだってさ」

茜が鼻をぐすぐす言わせながらようやく泣きやんで、高巳も茜を椅子に座らせた。

「もう寝る時間になっちゃうからケーキ切るかい？」

誕生日の特注のケーキである。晩飯は済ませてずっと光稀待ちだったが、さすがに寝る時間の限界だ。

茜はもう眠たい顔で、しかし首を横に振った。

「明日にする。ママ帰ってきてから」

いい子だね、と高巳がおでこをつつくと、照れくさそうに笑って歯磨きをしに洗面所へ駆け込んだ。母親が単身赴任という環境でできすぎなほどいい子に育ってくれている。

＊

急に入った夜間訓練が終わると、もう九時を回っていた。

今日で五歳の誕生日を迎える娘は、そろそろおねむの時間である。光稀はとっちらかすようにフライトスーツを脱いで辛うじてロッカーに収め、一番手近な訓練用のジャージに着替えた。家までは車なので服装の気遣いはない。もっとも夫の高巳によれば、そうした油断からおばさん化が始まっていくということだが、今回ばかりは緊急避難が認められるはずだ。

「お疲れ!」

翌日は有休を取ってある。飛行仲間や警衛たちに挨拶《あいさつ》だけを一方的に投げ、光稀は旅行鞄《かばん》に背嚢《はいのう》を担いで駐車場までをダッシュした。十キロや二十キロを担いだくらいで足元がおぼつかなくなるほど柔《やわ》な訓練はしていない。

茜への誕生日プレゼントは娘の背丈と同じテディ・ベアだ。でかいほうは俺が買うよ、と高巳が言ってくれたのを意地で探して買い求めた。日頃寂しい思いをさせている分だけ、一番欲しがっている大物は自分が担当したい。しかし一番でかい背嚢からでも首が覗いて「春名二尉、暗がりで会うとちょっと恐いですよ」などと帰りがけに笑い声をかけられた。

高巳のほうは定番の着せ替え人形の新作ドレスを何着か用意しているはずだ。光稀の母がデリバリーしてくれたはずの夕食にはもう間に合わない、でもケーキを切るタイミングには何とか。

後部座席に荷物を放り込み、光稀は高巳が「でかすぎて動かすの恐い」といつもぼやくランドクルーザーを急発進させた。

高速で約二時間の道のりで、光稀が帰宅したのは結局十一時を回った。

「茜は!?」

嚙みつくように訊いた光稀に、もう寝間着だった高巳は気の毒そうに「惜しかった」と答えた。多分、三十分か一時間ほど遅かった。

大荷物の光稀は玄関先でがくりと膝を突いた。高巳も上《あ》がり框《がまち》でそれに付き合い、光稀の頭を梳《と》かすように撫《な》でた。

「すごい絵ヅラだけどよく頑張って持って帰ってきたね。光稀さんえらかった」

背嚢から首だけ出しているテディ・ベアだろう。同じ背丈だから茜を入れても同じ状態になるはずだ。

「茜、ごはんちゃんと食べた?」

間に合わなかったショックで声が泣きそうな光稀に、高巳がメニューまで答えてくれた。

唐揚げにポテトサラダにイクラの載ったちらし寿司《ずし》。茜の好物ばかりだ。

「でもケーキは明日にするってさ。ママが帰ってきてから」

それを聞いて「泣きそう」が完全に決壊した。

「私、茜に我慢させてばっかりだ。誕生日なのにケーキも一緒に食べてやれない」

髪を梳《す》く高巳の手が更に優しくなった。

「大丈夫だよ。ケーキは明日ママと一緒に食べるって茜が決めたんだ。君に愛されてるって分かってるよ。仕事の意味もそのうち分かってくれるようになるよ」

高巳は詳しく言わなかったが、どうやら義父母がまた茜に辛《つら》い理屈を吹き込んだらしい。

高巳を産んでくれた人たちだから、と我慢するのがときどき苦しくなる。

茜より高巳より飛行機が大事だから降りないのだ――というのはあの人たちがよく使う理屈だ。

茜のために飛行機に乗らない時間を一年くれたんだよ、と言って聞かせた高巳に、茜は「ママ、死んじゃいや」と泣いたらしい。

それは理屈ではなく感覚で悟ったに違いないが、生きてランディングするための訓練の重要さと、そのための離れた暮らしをたった五歳で分かってくれる物分かりの良さが逆に切ない。

「……高巳も分かってるの」

君に愛されてるって分かってるよ。

それは光稀の側にはもちろん茜だけの問題ではない。

だが、

「何を」

と高巳は分かっている口調でしらばっくれた。

「だから……茜と同じこと」

「ちゃんと言ってよ」

そのからかい口調に意地になった。高巳の後ろ髪を引っつかみ、そのまま引き寄せて唇を重ねる。

こういう手法で黙らせるのは男の特権だと思ってたんだけどなぁ、と合間で高巳が呟き、途中の一瞬で攻守が交代した。

反射的に逃げ腰になるのは昔からの癖だが、高巳はやはり一瞬の差で逃がさなかった。予定に入っていないキスで高巳が分かっているかどうかは途中でどうでもよくなったが(元々分かっていないなんて思ってはいなかったので)、

「五歳児に分かるようなこと疑われて心外」

と高巳の側も意地になっていたらしいことが白状された。

いつも自分の上を軽々と行く余裕めいたところが悔しくもある夫だが、たまに見つかるそんなところは格別にかわいらしかった。

「クマ、押し入れに隠しとこうか」

言いつつ高巳が背嚢からテディ・ベアを引っ張り出し、いきなりものすごく怪訝な顔になった。

「……光稀さん、これは……」

「特注。チタンだぞ。今度、保育園で親子ハイキングがあるって聞いたから間に合わせたんだ」

テディ・ベアの首にかけてあるのは二枚セットがボールチェーンで繋《つな》がったドッグタグで、ご丁寧に自衛隊仕様の後部切り欠きまで制式と同じだった。

「だから保育園のレジャーで娘の身元が判明しないほどのどんな大惨事に陥る気だよ!?」

「今どき物騒なのに大事な娘に認識票も付けないで野外行程に出せるか！」

「保育園、髪飾り以外アクセサリー禁止だよ！」

「貴様、認識票をアクセサリー呼ばわりする気か！」

「ていうかまさか俺にまで付けさせる気じゃないだろね!?」

途中で眠った茜が起きるということにお互い気づいて声を潜め、昔も似たようなことで口論になったことを思い出して二人で小さく吹き出した。

Fin.

あとがき

いい年した大人が活字でベタ甘ラブロマ好きで何が悪い！——と単行本のあとがきで開き直ってみたところ、これやたらめったら色んなところで引用されたみたいで図らずもキャッチコピー的な位置付けになってしまった感じがします。ベタ甘という文言もやたら私の紹介で聞くようになって迂闊《うかつ》なことは言えんなぁと思いつつ相変わらず迂闊な文言を量産しております。別にベタ甘しか書いてないわけじゃないんだけどな。色々商品並べた中の一つと思っていただければ幸いです。

しかしベタ甘要素がメインになっている作品も活字屋有川にはラインナップされておりまして、この『クジラの彼』はけっこうそっち側かもしれません。同じコンセプトの続編『ラブコメ今昔』と合わせていつのまにやら「自衛隊ラブコメシリーズ」という便宜上の呼称を得ました。

ちなみに表題作の『クジラの彼』と『有能な彼女』は、自衛隊三部作と呼称されている『海の底』の番外、『ファイターパイロットの君』はやはり自衛隊三部作から『空の中』の番外になります。彼らの別のお話にも興味を持っていただけたら幸いです。

でも怪獣とか出てくるので興味を持ってくださった方は何とかがんばって！（キワモノ作家の自覚はあります）

そして単行本版あとがきから文庫にも持ってきたい文言を最後に引用します。

【自衛隊で取材をさせて頂けるようになって、階級がすごく上の方々にもお話を伺うことができたのですが、「自衛隊で恋愛物をやります。ベタ甘です」と申し上げますと皆さん相好を崩して「それはいいね！」と仰《おつしや》ってくださいました。

「自衛官も恋愛したり結婚したりするフツーの人間なんだということを書いてやってください」

それは恐らくご自分の大勢の部下たちのために。】

当時、取材に応じてくださった方々に感謝を。好き勝手書かせてくださってありがとうございました。

あとは読んでくださるあなたに楽しんでいただければ、これに優《まさ》る喜びはありません。

有川　浩

解説

杉江松恋

それはまだ有川浩が男性だと思いこんでいたあの日（女性です）。

米軍横須賀《よこすか》基地に突如巨大甲殻類の大群が現れ、集まった人々を次々に食い殺し始めるという『海の底』を、私はうひうひ言いながら読んだのだった。着想の突飛さはもちろん、細部の設定がしっかりしているところがたまらないし（映画『ゴジラ』に学んで電磁柵《さく》で怪獣を食い止める、なんて遊びもある）、右往左往させられる人間たちの群像もきちんと描かれている。そしてなによりも闘うべき敵が巨大ザリガニだというのがいい。だって、ザリガニですよ。ザ・リ・ガ・ニ。

大変悦に入りながら読み終えたわけであるが、もちろん『海の底』という小説の美点は、ザリガニだけではない。当たり前だ。怪獣と人間が闘いを繰り広げるという部分は、小説の「剛」、もしくは「硬」の要素だ。それと同時に、「柔」あるいは「軟」の要素が描かれているからこそ、素晴らしいのである。

この小説の中では、停泊中の潜水艦の中に少年少女が閉じこめられ、夏木大和と冬原春臣という二人の青年自衛官とともに籠城《ろうじょう》を強いられる。鎖《とざ》された空間の中で不安と焦燥が高まっていくさまが克明に描かれるのである。その中で夏木たちが、子供たちが着たきり雀でいることを気遣い、乗組員たちの部屋から替え下着を調達する場面がある。生命の危機に瀕しながら、替え下着の心配か。つまり、これが「柔」の部分である。どんな状況下でも、生活はあるし、閉鎖空間という極限状況では平時の生活を維持するということが非常に重要な意味を帯びてくる。だから作者は、細部をおろそかにせず書くのですね。

そうした「柔」の描写が「軟」の要素を引き出す。すでにお読みになったかたはご存じのとおり、『海の底』はあるカップルの恋愛小説にもなっている。ハリウッド映画の定式でいうところのクリフハンガーの効用だ。一緒に死線をかいくぐった者同士の間に恋愛感情が芽生えるというやつです。でも、ただ男女を吊り橋《つりばし》にぶらさげればいいってものではない。有川が正しいのは、単に危険な体験を共有させるだけではなく、恋に落ちる二人に生活をともにさせ、その中で共感が芽生えていく流れをきちんと描いていることだ。「柔」あればこそ「軟」の要素が際立つのである。有川浩の小説は、そういう部分がいいのです。ね、すごくまっとうな感覚だ。

さて、『クジラの彼』だ。本書は有川浩の七作目の著書にあたる。元版の刊行は二〇〇七年一月。二〇〇五年から〇七年にかけて「野性時代」に発表された六つの短篇が収録されている。共通点は自衛官が主役を務める恋愛小説であること。作者が最初に提案した本の題名は『国防ラブコメ』だったという。そのものズバリですね。編集者に諭されて現在の題名に落ち着いたというが、「ラブコメ」の語感にこだわりがあったとみえて、本書の続篇に当たる短篇集はめでたく『ラブコメ今昔』（二〇〇八年、角川書店）と相成った。自衛隊ラブコメシリーズと呼ばれる作品群だが、もともとの案を活《い》かした〈国防ラブコメ〉シリーズのほうがふさわしいのではないかと、私は思っている。

なぜなら、本シリーズの最大の特徴は恋愛の当事者の片方、あるいは両方が国防のために働いているところにあるからだ。本書収録作の「脱柵エレジー」（初出：「野性時代」二〇〇六年七月号）を見ていただきたい。脱柵とはなじみの薄い言葉だが、自衛隊駐屯地や基地から隊員が脱走することを指す隊内用語だという。なぜ脱柵するかというと、いたたまれない個人的な事情があるためで、本篇で描かれる脱柵は恋愛に起因するものだ。主人公の清田和哉二曹は、自身が新人のころに色恋沙《ざ》汰《た》で煩悶《はんもん》した挙句に脱柵を体験したことがある人物で、その経験を活かして新人たちを指導している。わがことのように判るのである、脱柵する連中の気持ちが。会いたいのに会えないということが、恋愛中の若者にとってどれほど苦しいものであることか。しかし、大きな問題がある。柵の向こうにいるのは一般人、こちら側にいるのは自衛隊員だということだ。国防という使命を背負った自衛隊員には、恋人よりも大事にしなければならないものが一つだけある——。

こうした不自由さを是とすること、言い換えれば「反・恋愛至上主義」を恋愛小説の中でさりげなく書いていることに、私は好感を覚える（恋愛のために自分を安売りするほど馬鹿じゃあねえんだ、と渋く呟《つぶや》いてみるとちょっとハードボイルド小説風だよね）。一方に燃え上がる恋情がある。もう一方に自分の中で守るべきルールがあり、価値観がある。そういう二つの宝を同時に守ろうと考える、守ることができる人たちが、本シリーズでは主人公を務めるわけなのだ。恋人から、私（俺）と仕事とどっちが大事なの（なんだ）と詰問された経験がある人は、絶対に本書を読んで、しかる後に恋人にも読ませたほうがいいと思います。どっちも大事です、が正解だ。正解だから、迷ってはいけないのである。

本書の収録作「国防レンアイ」（初出：「野性時代」二〇〇六年一月号）で、自分が好きな女が男勝りのマッチョだと（自衛官なのだから当然だが）嗤《わら》われた主人公は、こう啖呵《たんか》を切る。

——腹筋割れてて何おかしいんだ？　こっちゃ伊達や酔狂で国防やってねえんだよ。有事のときにお前ら守るために毎日鍛えてんだよ。チャラチャラやってて腹なんか割れるか。

このように、有川浩の書く男たち、女たちは、まっすぐに、まっすぐすぎるほどに正しく、自分の思いを主張する。恋人も大事、そして国防という使命も同じくらい大事なのだ。互いの立場を尊重し、人として尊敬しあった上での恋愛だから、こんな台詞《せりふ》が吐ける。まっすぐな恋愛のすがすがしい魅力を、自衛隊員たちの姿を通して有川は全力で描ききっている。読者も全身でこの魅力を受け止めていただきたいと思います。

有川浩の他の作品を読んだことがある方ならばすぐ気づくと思うが、収録作のうち「クジラの彼」（初出：「野性時代」二〇〇五年七月号）と「有能な彼女」（初出：「野性時代」二〇〇六年四月号）の二作がそれぞれ『海の底』の前日譚《たん》と後日譚、「ファイターパイロットの君」（初出：「野性時代」二〇〇七年一月号）が『空の中』のやはり後日譚となっている。「クジラの彼」は自衛隊員の恋人を待ち続ける女性の話であり、女性が背筋を伸ばして社会の中で働くことの難しさをもさりげなく描いている。「有能な彼女」も同様。職場という公の場で一人前の顔をして働くことの大事さと、私の場でかけがえのない人を思いやること、恋人や家族に対して細やかな気遣いをすることの大切さとを、ともに自然な形で書くことができるのが有川浩という作家の大きな強みだ。また「ファイターパイロットの君」や「国防レンアイ」のように、強くあろう、強く生きようとして頑張っている女性を描くときにも有川は魅力を発揮する。両作の場合、自衛隊という男性優位社会を舞台にしていることで、そうした美点がさらに強調されている。

残る「ロールアウト」（初出：「野性時代」二〇〇五年十月号）は、先述したような生活感覚をおろそかにしない「柔」の部分や、男女が互いの立場を尊重しあうまっとうさ、といった有川小説の美点が輸送機設計という「硬」の話題と接合された、小説作法の面でも評価できる作品だ。ちなみに『クジラの彼』の収録作は、有川が個人的なつてをたどって聞いた体験談が下敷きになったものが多いのだが、続篇の『ラブコメ今昔』の収録作は正式に自衛隊への取材を行った上で書かれているという。「ロールアウト」のような「硬」の部分がさらに知識によって裏打ちされ、「軟」や「柔」との対比がより際立った形で描かれているのである。本書に描かれたかっこいい男女の恋愛模様に痺《しび》れたかたは、そちらもぜひお読みください。

本書は、二〇〇七年一月刊『クジラの彼』（角川書店）を
加筆修正し、文庫化したものです。

クジラの彼《かれ》

有川《ありかわ》 浩《ひろ》

角川文庫 16293

平成二十二年六月二十五日　初版発行

発行者―井上伸一郎
発行所―株式会社角川書店
東京都千代田区富士見二―十三―三
電話・編集（〇三）三二三八―八五五五
〒一〇二―八〇七八
発売元―株式会社角川グループパブリッシング
東京都千代田区富士見二―十三―三
電話・営業（〇三）三二三八―八五二一
〒一〇二―八一七七
http://www.kadokawa.co.jp
印刷所―旭印刷　製本所―BBC
装幀者―杉浦康平

あ 48-4　ISBN978-4-04-389804-6　C0193